The Guardians Of Time
Last Dance

Original Story Idumi Todo
Written by Senya Mihagi

目次

時守たちのラストダンス

神は賽子《さいころ》を振らない。

アルベルト・アインシュタイン

プロローグ

誰かの声がする。

誰かが私の名前を叫んでいる。

私は声のするほうに向かって懸命に脚を動かしている。

ところが脚が地面を蹴る感触を感じられない。宙に浮かんでただ脚を動かしているようなもどかしさ。周りの風景が後ろに流れていくことはなく、靄《もや》がかかったように薄暗い。

それでも私は声のするほうを目指して必死に走っていた。

『伊純《いすみ》――』

ああ、この子知っちょる。

声しか聞こえないけど、確かに私がよく知っている男の子だ。なぜだか、早く追いつかなければという焦りだけが胸にせり上がる。

早《はよ》う追いつかないかんきね。でも追いつけんのよ。悔しいけど、頑張っても頑張っても追いつけんのよ。

そこで、靄の中からさらに声が聞こえてきた。

『伊純は来なくていい。ここで待ってて――』

いや。私を置いていかんといて。お願いだから私を独りぼっちにせんといて。

私は大きな声で応えようとする。

でも声が響かない。濃密な靄に押し潰されるように、その声はただ胸の中に響くだけだった。

なんとかしなきゃ。

私が、なんとか。


「待って！」

何かを摑《つか》もうと天井に向かって突き出した己の手。

それが、小湊《こみなと》伊純が目覚めて最初に見たものだった。

目に飛び込む穏やかな光景に反して、まだ心臓がドキドキしている。目にはうっすらと涙が浮かんでいる。その落差を埋めるためにしばらくの間ぼんやりしていた。

直後、伊純はここが自分の部屋のベッドの上だと認識した。カーテンの隙間からは暖かな日差しが入り込み、外からはスズメの囀《さえず》る声が聞こえてくる。朝だ。

「……何なが？」

ベッドに横たわったまま力なく天井に突き出していた手を下ろし、伊純はため息交じりにつぶやいた。

なんだかおかしな夢だった。

思わず土佐弁――地元・高知の方言が出たのは夢の影響だろうか。高知にいたのはつい最近までのことだが、夢はもっと昔の気配がした。夢の中では今よりずっと手脚が短かった。それで、もどかしいほど思うように走れなかったのだろう。

でも具体的に思い出そうとすると、うまくいかない。輪郭が像を結ばずにぼやけてしまうのだ。

ところがそこで一気に我に返った。

「待って！　今、何時？」

嫌な予感がして伊純は枕元の目覚まし時計を見る。

時計の針は起きる予定だった時間をとっくに過ぎていた。

一瞬固まったのちに伊純はベッドから跳ね起きる。急いで真新しい制服に着替えると、足音を響かせてリビングへ向かった。

リビングでは母がテレビでニュースを観ていた。朝食を取り終えたあとなのだろう。まったりとお茶を飲んでいる。父の姿は見えない。すでに出社したようだ。

「ちょっとお母さん！　何で起こしてくれんかったが？　今日、入学式がやに」

「何度も起こしたが」

「嘘！」

「だいたい『待って待って！』って言うてたのあんたやきね」

「ええ!?」

伊純は髪の毛をポニーテールに結い上げながら呻《うめ》く。母に反論したかったがそんな時間はない。入学する学校は規模が大きく、新入生の数も多い。母がいつもと変わらぬゆっくりとした雰囲気なのは、会場のキャパシティに限界がある入学式に参列しないからだ。

伊純は焦りから思わず足踏みしてしまうが、それが準備運動になったのか身体《からだ》が温まってきた。

「よしっ」

「朝ご飯は？」

「食べてる暇ないき！」

履き慣れたスニーカーに足をねじ込み通学用バッグを掴むと、伊純は「行ってきます！」と叫んで家を飛び出した。バッグには、昔友達から貰《もら》ったキーホルダーがぶら下がっている。苦しいとき、いつも伊純を守ってくれる御守りだ。それをギュッと握りしめると心の中でつぶやいた。

お願い。入学式に間に合わせて！

マンションの階段をアップテンポで駆け下りて、最後は二段飛ばしでアスファルトの上に着地する。直後、伊純は全力で走り出した。

うん？

ところがそこで突然違和感を覚えた。

頭の中に痺《しび》れたような衝撃が走る。

忘れ物でもしたのかもしれない。けれど、何を忘れたのかも分からないし、家まで取りに戻っている時間もない。

最悪、自分がおればええよね。

そう考えて、伊純は違和感を振り切るようにふたたび走り出す。

だから気づかなかったのだ。

このときすでに何を忘れていたか。何を忘れつつあるのかに。

ステップ1

1

マンションを出た伊純は、力の限り走っていた。

顔を水でサッと洗い、長めの髪はシュシュで適当に後ろで結んだだけだ。ブラシで梳《と》かしてもいないので、ところどころ髪の毛が飛び出している。真新しい制服も、急いで着たからワイシャツの裾がウエストから飛び出していた。

それでも、自慢の脚をフル回転させた結果、もうすぐ地下鉄の駅だ。

マンションから駅までは普通に歩いて十五分ほどである。その距離も、伊純の脚にかかればおよそ三分の一の時間に短縮することができる。

ホームまで階段を駆け下りるとちょうど電車がやってきた。

「はあ、よかった。ギリギリセーフ」

すでに列を成していた人々の後ろに並んで呼吸を整えてから、伊純も電車の中へと流れ込んだ。スマートフォンを取り出して時刻を確認し、ホッと胸を撫《な》で下ろす。学校の最寄り駅まで押し合いへし合いの満員電車で三十分弱。駅からはゆっくり歩いても間に合う時間だ。そう安心したからだろう。伊純は朝食を抜いてきたことを思い出して力が抜けてしまった。

小湊伊純がここ東京へとやって来たのはつい半月前のことだ。

四国は高知県で生まれ、人が行き交うコンクリートの街並みよりも、船が行き交う太平洋を見て伊純は育った。海が大好きなので、一生を高知で過ごすものだと思っていた。祖父の元治《げんじ》がカツオ漁の漁師だったこと、そして父も漁業関係の研究者であることから、自分も将来は高知で海に関する仕事に就くのだろうと何となく考えていた。

ところが、中学校の卒業と同時に父と母とともに上京することになった。

伊純の父の研究が、とある東京の企業の目に留まったのだ。

資金や設備に限界を感じていた父にとって、研究への補助や手当、福利厚生など、企業から提供される手厚い待遇は非常に魅力的だったようだ。

結果、伊純は今日から東京の高校に通うことになったのである。

中学時代、伊純はずっと陸上をやってきた。

地元高知の大会では何度も好成績を残している。そのため高校にも推薦で入学することができたのだ。上京したのは中学校の卒業式が終わったあとすぐのことで、残りの春休みは高校の陸上部の練習に参加して今日に至る。

だから今日が入学式といっても、高校までの道のりはもう何度も通ったものだった。最短距離も、猛ダッシュでかかる時間も、すでに把握済みなのである。


混み合う電車に揺られながら、伊純は何となく大衆誌の車内広告を眺めていた。

すると突然、ガタンッと大きな音を響かせて電車が停まった。どうも駅に到着したわけではなさそうだ。

『緊急停止いたしました。お急ぎのお客様には大変ご迷惑をおかけしますが、原因の確認のためしばらく停車を――』

「またか」

「最近、多いな」

状況を知らせる車内アナウンスに、静かだった満員の車中にため息交じりの声が広がる。伊純もソワソワしながら待っていると、間もなく電車は動き始めた。『電力トラブル』という曖《あい》昧《まい》なアナウンスが響いてくる。

伊純はスマートフォンの時刻表示を確認した。わずかな停車時間だったが、もともと遅刻ギリギリの時間なのだ。

「自己ベスト、更新しなきゃ……」

ようやく電車が高校の最寄り駅に到着する。

扉が開くなり伊純は一気に飛び出した。


神宮坂《じんぐうざか》高校はその名のとおり、明治神宮《めいじじんぐう》に近い緩やかな坂の上にある学校だ。二千人近い生徒が通っている都内でも人気のマンモス校である。

ゆえに、広大な敷地には巨大な校舎が鎮座している。建物の大きさも生徒の数に比例しているようだ。施設も設備も新入生のように真新しい。

学校規模に比例してクラス数も多く、一学年につき二十以上の教室に分けられていた。今年の新入生だけでも五百人を優に超えている。少子化が進む今の日本で、私立とはいえ都内でこの生徒数を擁する高校はそうないだろう。

体育館も一つでは足りないので三つある。入学式が行われる会場はそのうち一番大きな第一体育館だ。

伊純が会場に入ると、整然と並べられたパイプ椅子にはすでに新入生たちが続々と着席していた。

自分のクラスと出席番号は事前にメールで知らされている。周りは知らない子ばかりだが、伊純はとりあえず指定された席に座った。緊張気味の顔が並ぶ中に交じる。ステージから数えて十列目、壇上の演台に立った人間の顔がはっきりと見える位置だ。

入学式は厳《おごそ》かに、そして淡々と始まった。

校長や理事長の式辞に続いて、関係各所から届いた祝電が読み上げられる。

式の進行表で見ればたった数行だが、これだけのために小一時間が過ぎていた。初めは緊張で高揚していた新入生たちの顔も、単調な流れに少しずつ緩んでいる。

うう、眠い……

朝の全力疾走と朝食を抜いた空腹から、伊純は押し寄せる眠気に負けそうになる。油断すると瞼《まぶた》が閉じてしまいそうだ。夢と現実の狭間《はざま》のようなフワフワとした感覚の中で、その重みに伊純が懸命に抗《あらが》っていると、次の登壇者の名前が呼ばれた。

「続きまして在校生歓迎の言葉。生徒会長――」

司会の教師に読み上げられた名前。

その響きに頭が痺れ、伊純は眠気が吹き飛んだ。妙な聞き覚えがあったからだ。

思わず名前を叫ぶ。

「レノ!?」

同時に伊純は立ち上がっていた。

厳粛《げんしゅく》な式典の最中だ。静まり返った体育館の中で、伊純の声もパイプ椅子のガタつく音もよく響いた。周囲の視線が一斉に伊純に集中する。

だが、その視線はすぐに散った。

「伊純ちゃん⁉」

「伊純さん⁉」

伊純を見て、同じく声を上げて立ち上がる新入生がいたからだ。

一人はツインテールに眼鏡をかけた女子。

もう一人はショートボブの小柄な女子。

「小夏《こなつ》、あさひ——なんで⁉」

驚いて尋ねた伊純に、あさひが逆に尋ね返してきた。

「伊純さんこそ、高知じゃないんですか⁉」

「引っ越してきたのよ！　まさか一緒の高校になるなんて——」

繰り広げられる会話に新入生たちは唖然《あぜん》としている。

しかし、とっさに口をついて出た名前に、伊純はふと混乱して頭に鋭い痛みを覚えた。

彼女たちの名前、知っちょる。

でも、それだけ……

「はい、そこの新入生。大胆な私語は慎んでくださいね」

伊純たちの騒ぎを見て、司会の教師が注意する。

その言葉で伊純はようやく周りの視線に気がついた。他の二人とともに慌てて着席する。

直後、歓迎の言葉を述べるべく指名された生徒が、壇上を進んで演台の前に到着した。

伊純は羞恥心《しゅうちしん》で身を縮こめながらも、演台に立つ男子生徒を見つめる。

眼鏡をかけた知的な顔立ち。無駄のない落ち着いた所作《しょさ》。聡明さが滲《にじ》むその出で立ちは、さすが生徒会長を務めるだけあって堂々としている。

伊純はその姿に釘付けになっていた。

見惚《みほ》れていたわけではない。どこか見覚えがあったのだ。小夏とあさひを知っていたように、初めて会うはずの彼のことを、確かに〝知っている〟と感じていた。

霧島玲乃《きりしまれの》——

直後、神宮坂高校生徒会長は新入生に一礼すると、マイクに向かって一際澄んだ声を発した。

「ようこそ。新しいステージへ」

その堂々とした態度は、先に壇上へ上がった校長や理事長と比べても遜色《そんしょく》がない。彼は自信に満ちた声で続けた。

「大人になると時間が早く過ぎていくように感じるという現象を、新入生のみなさんはご存じでしょうか？

十九世紀フランスの哲学者ジャネは、この現象を法則として心理学的に説明しようとしました。『生涯のある時期における体感時間は年齢と反比例する』と。詳細は省略しますが、彼の法則によると、五歳のときと五十歳のときの一日では過ぎていく速さに十倍もの違いがあるのだそうです」

伊純は難しい話が苦手だ。しかし説得力の滲み出たそのスピーチに引き込まれた。

彼の話は何となく理解できる。高知に残してきた伊純の祖父がよく言っていたからだ。『歳《とし》を取ったら一年なんてあっという間やき』と。

そして逆に、時間がグンと引き延ばされたように感じることもある。全力で走っているとき、たった数秒のはずがもっと長い時間に感じられる。永遠のようにも、止まっているようにすらも。

「ただ、ジャネの法則はあくまで主観の話であると、アメリカの心理学者などから反論もされています。法則として提唱されている十倍という速度も、実際にはもっと緩慢《かんまん》ではないかと。僕は、それこそ時間というのは個々人の主観によって、長さや密度も変わるものだと考えています」

時間。主観。長さや密度。

普段使い慣れない言葉の羅列に、伊純は瞬く間に混乱しだす。日本語なのに知らない言語を聞いているようだ。

理解することを諦めてステージを見上げると、伊純はふたたび声を上げそうになった。

生徒会長と目が合ったように感じたのだ。

刹那《せつな》、すぐにその視線は新入生全員に向けられる。

そしてにっこり微笑《ほほえ》んだ。

「つまり、僕がみなさんに伝えたいことはひとつ。この高校で過ごす時間は長いようであっという間です。この儚《はかな》い時間をどうか大切にしてください」

意味深な歓迎の言葉を結び、生徒会長は壇上をあとにした。

2

滞りなく入学式は終わり、生徒たちは各クラスへと散っていった。

出会ったばかりのクラスメイトに交じって三階にある教室の自席につく。入学式なので通常の授業はなく、担任の先生から事務的に連絡が続く。

伊純はその間、窓際の席から春の淡い青空を眺めていた。

こっちで仲いい子、できるんかな……。

朝、伊純はギリギリに登校してしまったが、余裕をもって登校した子たちは早々に仲よくなっているようだ。東京の子ならば同じ中学校の友達もいるのだろう。

しかし伊純はこの春に高知から出てきたばかりである。すでに練習に参加している陸上部以外に知り合いはいない。はずだった。

そういえば、あの二人はどこのクラスなんだろう？

入学式の最中にもかかわらず、会話を弾ませてしまった二人。彼女たちは同じクラスではなかった。式の直後にも捜してみたが、クラスが多いので見つけ出すのも簡単ではない。

なんで私を知っていたのか。なんで私が知っていたのか。あの玲乃って生徒会長のことを二人も知っていたのか。

確かめたかったのだが、もう帰ってしまったかもしれない。明日にでも各教室を回ってみよう。

伊純はホームルームが終わると、和気藹々《わきあいあい》と話している生徒たちを尻目に一人教室を出ていった。

伊純が所属する陸上部は全国でも有数の強豪である。当然、入学式の今日とて、午後からは練習だ。朝食を抜いた空腹を埋めるべく、伊純は食堂へと向かうことにした。独りで食べることになるが仕方ない。

そう考えながら廊下を歩いていたときだった。

「あのっ！　伊純さん、ですよね？」

ハキハキした声で名前を呼ばれて伊純は振り返る。

そこには、入学式で伊純と言葉を交わした二人が立っていた。

「あーっ！　えっと、あなたたち――」

「申し遅れました。私、大道《おおみち》あさひと申します！」

慌てる伊純にあさひが名乗った。

動くたびに前髪をピンで留めた黒いショートボブが揺れる。そのさっぱりした髪形と小柄な身長のせいで幼い印象を受けるが、声は大きく口調も丁寧だ。好奇心で目を輝かせている。

しかし名乗られた伊純は困惑する。

「初めまして？　いや、なんでだろう。私、知ってるんだよね……」

「あ、じゃあ私は？　小夏、友立《ともだて》小夏。あさひちゃんが私のこと知ってるっていうのはさっき確認したんだけど」

小夏が続けて名乗った。

彼女は長い髪の毛をツインテールにして、根元と毛先に可愛《かわい》い花の髪飾りを付けている。眼鏡の奥から覗《のぞ》くブラウンの目が印象的だ。全体的にほんわかした雰囲気が漂っている。

「伊純ちゃんも、私のこと知ってる？」

小夏が小柄なあさひの両肩に手を置き、小首を傾《かし》げて覗き込むように尋ねる。

その問いかけに、伊純は眉間に皺《しわ》を寄せた。

「私も……知ってるみたい」

「あはは、だよね。じゃないとあんなことにならないもんね」

あんなこととは入学式での一件だろう。

あさひと顔を見合わせた小夏が困ったように笑う。

対照的な見た目だが、好奇心旺盛な笑顔はどこか似ていた。

「じゃあ、二人ともあの生徒会長のことも知ってる？」

伊純の問いに、あさひと小夏が「はい」「うん」と同時にうなずく。

そこに、背後から言葉を重ねる者がいた。

「どういうことか、全然分からないよね」

輪になっていた三人が振り返ると、腰まで黒髪を垂らした利発そうな女子が立っていた。切れ長の双眸《そうぼう》を伊純たちに向けてくる。背が高いことも相まって、ずいぶんと大人びていた。

その隣にはさらにもう一人。全体的に色素の薄い、ともすれば儚い硝子《ガラス》細工のような印象をしたセミロングの女子がいる。伏し目がちな表情で、押しの強そうな背の高い女子の肩越しにみんなの様子を観察していた。

「蒼《あおい》？　沙紀《さき》？」

思わず口をついて出てきたその二人の名前に、言った伊純本人が困惑した。キィンと最近頻発する頭痛もしてくる。

小夏とあさひと同じだ。

自分はこの二人のことも知っている。

「そう、私は日岡《ひおか》蒼……って、自己紹介は不要か」

「都久井《つくい》沙紀。一応、みんな名乗ってるから、私も」

「あ、えっと、私は――」

「知ってるよ。伊純」

慌てて自己紹介しようとした伊純に沙紀が微笑んだ。

「入学式でのあんたたちのやり取りを見て驚いたのよ。私もどういうわけかあんたたちのことを知ってたからさ。あの霧島って生徒会長のこともね」

蒼の言葉に、沙紀が「私も」と同意した。

あの入学式で、蒼も沙紀も、伊純たち三人と同じように感じていたらしい。

「知ってたなら二人も話に交じってきたらよかったのに」

「できるわけないでしょ。式の最中なんだから」

呆《あき》れたように目を眇《すが》めた蒼に、伊純は「そりゃそっか」と頭を掻《か》いた。衝動的に声を上げてしまった自分が恥ずかしい。

「で、何で知ってたか、蒼たちは分かる？」

伊純が尋ねると蒼は首を横に振った。

「それが分からないから、確認しようと思ってこうして会いにきたの。その途中で沙紀と鉢合わせしたってわけ。ね？」

「うん」

「誰かしらが分かってたらって思ったんだけどね。そう簡単にはいかないか」

ため息交じりに蒼が言う。

全員で顔を見合わせていると、あさひが遠慮がちにつぶやいた。

「どこかでお会いしたんでしょうか？　子どものころとか」

「そういえば、あさひは私が高知の人間だって知ってたけど。来たことあったとか？」

伊純が尋ね返すと、あさひは「いえ」と否定した。

「高知どころか四国にも行ったことないです。みなさんは？」

あさひの言葉に、小夏、蒼、沙紀が揃《そろ》って首を横に振る。

「じゃあ、伊純ちゃんが東京に来たことは？」

閃《ひらめ》いたというように小夏がパッと表情を明るくする。

だが、今度は伊純が首を捻《ひね》る番だった。

「ないと思う。修学旅行も大阪方面だったし」

今度は沙紀が静かに手を挙げた。

「みんな、テレビとか動画に出てたことはない？　それを観たっていうのは、どうかな」

「出てたとしても、お互いに観てるって、確率的にかなり低いんじゃないかな」

蒼が返すと、沙紀が「それもそうか」と力なく手を下ろす。

伊純は改めて全員の顔を順に見つめた。

やはり確かに知っている。出会ったのはそう遠い昔のことではない気がする。

「もしかして、夢で会ったとか？」

そう伊純が冗談交じりに言ったとたん、グウゥッとくぐもった音が鳴った。

そういえば学食へ向かう途中だったのだ。陸上部の練習が迫っている。

「ごめん、ご飯の時間がなくなっちゃう。もう行かなきゃ」

焦る伊純の様子に、他の四人も用事を思い出したらしい。それぞれ動き出す。

解散しかけた輪に向かって、伊純は慌てて声をかけた。

「何だかよく分からないけど、私たち知り合いみたいだし、これからよろしくね！」

その言葉に、四人はそれぞれ微妙な笑顔でうなずいた。

3

神宮坂高校の陸上部には専用のトラックがある。

食堂で昼食を取ったあと、伊純はそのトラック脇にある陸上部の部室へと向かった。先輩や今年入部した同期たちとともに、制服から練習着に着替えてトラックへ向かう。

伊純はスプリンター、短距離走者だ。

特に百メートル走を得意としている。中学校でも専攻しており、神宮坂高校にはその成績から推薦で入学した。

神宮坂高校陸上部は、種目ごとではなく、個々人によって練習メニューが異なっている。コーチの意向でそれぞれの練習メニューはだいたい決められているが、そのメニューをどう始めるか、どうこなすか、どう終えるかは選手の自由だった。個人の自己管理能力を鍛えるのも練習の一環ということらしい。

伊純は準備運動を終えてからトラックで走り込みを始めた。

四人との不思議な出会いについてはとりあえず頭から締め出す。余計なことを考えながら臨めるほどここの練習は甘くない。

「くっ、相変わらず速いなぁっ！」

百メートルを全力で走ったあと、伊純は悔しさから呼吸とともにそう吐き出した。

視線の先にはベリーショートの女子が一人。隣のレーンで伊純と同時にスタートを切り先にフィニッシュラインを越えたというのに、その息は少しも乱れていない。

彼女の名前は佐伯涼香《さえきりょうか》。

耳まで出した短い黒髪はまるで男子のようだ。長く引き締まった手脚はネコ、いや陸上最速の動物・チーターすら連想させる。クールで伏し目がちな目元は、先ほど話した四人の一人・沙紀にどこか通じるものがあった。

涼香は今年入部した短距離走者の中で最も期待されている。伊純は彼女をライバルだと思っているが、あくまで一方通行な認識だ。

そんな認識の相違を表すように、涼香は伊純を一瞥《いちべつ》しただけで何も言わない。そのまま背を向けて去っていく。

お互い推薦で入学した者同士だ。一度ゆっくり話してみたいと伊純は思っていたが、どうやらあっちにその気はないらしい。他人を寄せ付けないその雰囲気にいつも気圧《けお》されてしまう。

けれど、伊純は今日こそはと思い切って声をかけた。

「佐伯さん！」

するると、涼香は振り向いて伊純を黙って見つめてきた。

「あのさ。佐伯さんのフォームすっごい綺麗《きれい》だから、私ちょっと話してみたいなって」

最近、伊純のタイムは縮まっていない。それどころか、余計なことばかり考えて集中できていないため遅くなっている。いわゆる〝心技体〟がバラバラなのだ。傍《はた》から見たら伊純のフォームは崩れていることだろう。

なら、こんな綺麗なフォームで走っている涼香は、走っている間いったい何を考えているのか訊《き》いてみたかった。

ところが、返ってきたのはにべもない言葉だった。

「なんであんたと話さなきゃいけないわけ？」

「え？　なんでって……」

「私はこの高校に陸上をしにきた。都大会で優勝して全国で入賞、卒業したら実業団チームに入って、世界で活躍するつもり。目標はオリンピックなのよ。あんたみたいに思い出作りしてるわけじゃないのよ」

「思い出作りって……」

あまりの剣幕に、伊純はあとずさる。

「邪魔しないで」

涼香はそう言い放つと、次の練習メニューをこなしに去っていった。

言い返したかったが、ここ最近の中途半端な自分を自覚しているだけに言葉が出なかった。

確かに思い出作りかもしれない。涼香のように将来のことまで考えて陸上をしているわけではなかったから。


「本当、綺麗なフォームだよねぇ、佐伯さん」

伊純が涼香の背を呆然《ぼうぜん》と眺めていると、後ろから声が聞こえてきた。

陸上部三年生の女子マネージャー・篠田《しのだ》だ。

ちょうど肩のあたりで揃えられた髪を垂らし、目元にはウェリントンフレームの眼鏡をかけている。先輩ではあるが、愛くるしい目で伊純を見ていた。少し大きめの陸上部おそろいのジャージを着て、右手にはストップウオッチ、左手には部員たちの走行データを記録するためのバインダーを持っている。

「篠田先輩。涼香とのタイム差、どれくらいでしょうか?」

かけていた眼鏡を人差し指で押し上げて、篠田は伊純の問いに答える。

「今のは、コンマ一五秒の差だね」

「この前より広がっちょる……」

篠田の言葉に伊純は呻いた。

伊純の自己ベストは一一秒八八だ。同タイムを過去に三回出している。一度目は全国中学校陸上競技大会前の練習のとき。そして二度目は高校になってからの春休み練習のとき。そして――

あれ？　もう一回はいつやったっけ？

三度のうちの一度が思い出せず伊純は首を捻った。最近のことだった気がするのに……

「小湊さんはさ、これまで自己流のフォームでがむしゃらに走ってきたタイプだよね」

篠田がバインダーに目を落とし、最近測定した伊純のタイムを確認しながら言った。

伊純はうなずく。

「今まではそれでよかったかもしれない。けど、さらに高いレベルを目指すなら、そろそろ自分の走りを客観的に分析しないとね」

「うっ。そう、ですよね……」

もっともな意見に伊純はさらに項垂《うなだ》れた。

篠田は自他ともに認める敏腕マネージャーである。全部員の走り方のデータを詳細に、そして正確に把握している。その仕事ぶりから、まるで電子演算装置《コンピュータ》のようだと部内でも囁《ささや》かれている顧問の右腕だ。

と、話の途中で篠田が突然「またかあ」と言って顔を険しくした。

「これじゃあ正確に計測できない」

言いながら、彼女はストップウオッチを振っている。伊純が覗き込むと、確かに盤面の数字が文字化けを起こしたようになっていた。ストップウオッチの異常は少し前から時々起きており、こうして篠田を悩ませている。

とそこに、陸上部顧問の同多木《どうたき》先生が現れた。

身長は一九〇センチ近くあるだろうか。三十代後半と指導者にしてはまだ若いので、現役と言ってもかまわないくらい引き締まった身体をしている。メタルフレームのシャープな眼鏡の奥は眼光鋭く、顎ヒゲがさらに威圧感を増している。常にモノトーンのジャージを着ていた。

「篠田、どうだ？」

大きな身体を揺らして近づいてきた同多木は、自分のストップウオッチを差し出した。篠田のものと同じように数字が化けてしまっている。

「こっちもです、先生。相変わらず使い物になりません」

「困ったもんだな」

と、篠田の後ろで会話を聞いていた伊純に、同多木の目が向けられた。

「小湊。春休みに教えた練習やってるか？」

同多木は、陸上界では有名な人物である。現役時代には短距離のスター選手として脚光を浴び、現在は都の高校の国体強化選手団の監督も務めている。ここ神宮坂高校の陸上部に人が集まるのは、彼の指導を仰ぎたいと思う中学生ランナーが少なくないからだ。指導者としてのキャリアは短いが、数々のスプリンターを育ててきた手腕はすでに業界内で有名だった。父の仕事の都合で東京に来たとはいえ、伊純がこの学校を選んだ理由も同じである。

しかし同多木は強面《こわもて》で口数も少なく、実力のある選手にしか助言をしない。現に、伊純が練習に参加してからも、彼は三年生のトップランナーばかり指導していた。そんな調子だからだろう。指導に期待して入ってきた新入部員がすぐに辞《や》めてしまうことも少なくないらしい。

その同多木に、伊純は春休みの練習中、速く走るための助言を仰いだ。するとと彼は伊純の百メートルの全力疾走を見たあと、いきなり言ったのである。

『ダンスをしろ』と。

脈絡のない提案に伊純が訊き返すと彼は詳しく答えた。

『身体の使い方がなっとらん。気持ちばかりが前のめりで身体がついていってない。だが、ダンスがそれを改善してくれる。心と身体を一つに繋《つな》ぐには、自分の身体をしっかり感じることのできるダンスがいい。

ダンスなら何でもかまわん。バレエでも創作ダンスでも社交ダンスでも。高知の出身ならよさこいでもいい』

伊純はあのときの同多木の言葉と、その後の自分の取り組みを思い浮かべる。

同多木の目を見ることができなかった。足元に視線を落としてつぶやく。

「踊ってはいるんです。トレーニングの一環として。でも、いまいち効果が実感できないというか……」

不安そうな伊純の答えに、同多木は眉間に皺を寄せた。

「小湊は踊るの嫌いか？」

意外な問いに伊純は目を瞬《しばたた》く。

「いえ、踊るのは嫌いじゃないです。高知にいたときは〝よさこい〟も小学校で必修だったくらいなんで、むしろ好きです」

「なるほど。踊るのが苦ってわけじゃないんだな？」

「はい……」

伊純の返事に、同多木は小さくうなずいて続けた。

「お前のその走り方、気持ちに左右されているところが大きい。タイムが落ちてるのは、スタートの技術とか、走っているときのフォームとか、そんなことじゃない。要は気持ちが入ってないんだ。陸上が苦しいんだよ。そんなときは初心に返れ」

「初心？」

「そうだ。どうして陸上を始めたのか。走るのが面白いと思ったのか。今のお前はこの壊れたストップウオッチみたいなもんだ」

そう言われ、伊純の頭に『?』が浮かんだ。

自分と壊れたストップウオッチが同じ?

すると同多木は、その強面にかすかな笑みを浮かべた。

「調子が悪いときはやみくもに使ったところでどうにもならん。特にタイムの計測なんてもんは正確さが大事だからな。きちんと動かないなら動くようにするのが先だ。お前にも動かない部分があるだろう。フィジカルの面でも、メンタルの面でも。まずはそれをどうにかしろ。そのためなら練習を休んでもかまわん。陸上に専念するのは大いにけっこうだが、速く走るためには他のことだって役に立つ。何も一直線に頑張るだけが最短ルートじゃないってことだ」

同多木はそれだけ言い放つと、伊純の反応も確認せずに三年生エースのもとに歩いていく。

伊純はその背中を眺めながら、彼の言葉を嚙《か》み締めた。

確かに、ダンスを踊ることに気持ちが入っていないのではない。

走ることそのものに疑問が浮かんでいるのだ。

中学最後のレースで伊純はライバルに負けた。それでも走ることは辞めなかった。どれだけタイムが伸びなくても、前に進めなくても、陸上を辞めてしまおうと考えたときでも、走ることそれ自体に対しての辛《つら》さを感じたことはなかったのだ。嫌なことがあれば、それを振り切ろうとでもするように気づけば走っているほどだった。

なのに今、伊純は走ることそのものが苦しくなっている。

モチベーションの低下はここ最近伊純も悩んでいることだった。慣れない土地への引っ越し、そこでの新しい生活、親しい人たちとの別れ、初めから構築せねばならない人間関係……原因はいろいろ考えられた。けれど、走ろうとする己の脚を決定的に鈍らせている足枷《あしかせ》は、恐らくもっと根本的なことなのだ。

それが最近の伊純には分からなくなっている。

そもそも自分はどうして陸上を始めたのか。どうして走ることにこだわっているのか。いつから走ることが自分の大部分を占めるようになったのか。きっかけは何だったのだろう。己の走りの始まりはいったいどこだったのだろう。

考えても解けないその疑問が伊純の脚を鈍らせている。

「私、なんで走ってるんだろう……」

思わずそうつぶやいた伊純を見て、横にいた篠田が言った。

「まあ、いきなり踊れって言われても戸惑うよね。でも、同多木先生のアドバイスなら間違いないからさ。それに、先生が新入生にここまで声をかけてくれることってなかなかないし、小湊さん期待されてるのかも。頑張って」

篠田はそれだけ告げると、同多木のあとを追って離れていった。

4

時を同じくして、自宅に戻ってピアノの練習をしていた小夏はふとその指を止めていた。

自分はどうしてピアノをやってるんだろう。どうして続けてきたんだろう。

プロとして活躍するピアニストになるためには、音楽専門の学校に通うか、一流の先生に師事するか。もしくはいっそ海外へ留学するべきだろう。

それなのに高校は普通科に入学し、吹奏楽部に入るわけでもなく、小さいころから通っているピアノ教室も最近は休んでいる。

なんとか自宅でピアノには触っているが、ここ最近楽しいと思ったことはない。こんなことに時間を費やしていったい何の意味があるのか。奏でる音が美しいと思えない。ピアニストにさせたがっていた親の期待に応えようとしてきたが、もう限界だ。

自分は誰かのための楽器じゃない――

合気道部の練習後、道場の掃除をしていたあさひはその動きを止めた。

自分が武道をやっている理由って何なんだろう。そんな、今まで考えもしなかったことが頭を過《よぎ》って離れない。

父親が柔道の、母親が合気道の師範であったために、小さいころから両方をやらされてきた。家には道場があり、兄たち三人は揃って柔道に青春をかけている。父が叶えられなかったオリンピックの夢を追いかけて、強豪校で汗を流しているのだ。

しかし自分はどうだ。正直、戦うことにあまり面白さを感じない。どんなに頑張ったって小柄な女の身では、肉体的な強さで男性を超えることは難しい。なのに、自分はどうして戦い続けているのだろう。

今までは、試合に勝って親が喜ぶ顔がモチベーションになっていた。

でも最近は違う。自分の心の底に勝負にこだわる感情がないことに気づいてしまった。むしろ勝負が重荷のようでただただ苦しい。兄たちのように戦うことに喜びを見つけられない。

本当の自分は〝格闘〟とは程遠い存在なのだ。小さいころに親に買ってもらったウサギのぬいぐるみが大好きで、枕もとに今でも置いてある。可愛いお花、素敵なお洋服、流行《はや》りのコスメやアクセサリー……そんな〝女の子らしい〟ものに囲まれていたい。

相手を倒し、目の前の相手をねじ伏せる、そんな武道が嫌だった。

学校の図書館で自習していた蒼は、手元の教材に集中していた思考を止めていた。

勉強は将来への投資。勉強はやりたいことを見つけるための手段。ひたすら勉強して知識を貯め、良い大学、良い企業に入れれば勝ち組になれると思っていた。

でも最近、疑問に思う。勝つって誰に？

勉強は何か成すための手段のはず。確かに良いところに就職するのだって目的ではあるけれど、そこで何がしたいのだろう。就職内定が人生のゴールではない。その先にはもっと長い人生が待っている。入社後、燃え滓《かす》のように会社にしがみついて生きていくのか。

勉強は目的ではない。手段だ。

それが、いつの間にか目的になってしまっている。

なら、本当にやりたいことって何？

私が勉強する意味って何？


四人が葛藤を覚える中、唯一、沙紀だけは違った。

沙紀は覚えている。自分がダンスを続けてきたのは、小さいころに今は亡き祖母が褒めてくれたからだ。大好きな祖母のために続けてきて、今は自分のために続けている。そこに疑問は持っていない。

それでも、他の四人とは違う沙紀だけの悩みがある。

孤独だ。

踊れば踊るほど、高みを目指せば目指すほど、仲間が自分のもとを去り、結果、独りきりで踊ることになる。

最初はそれでもいいと思っていた。舞台上で独りスポットライトを浴び、身に付けた高度なダンス技術を見せつける。観客の誰もが褒めてくれるだろう。持って生まれた才能の上に努力を積み重ねた結果の洗練されたダンスなのだ。

しかし最近、それでは満足できなくなっていた。誰かと肩を並べて踊りたい。そんな欲求がじわじわと湧き上がってきたのだ。だが、自分と一緒に踊ってくれる者などいない。

だから沙紀はただ踊り続ける。身体を使って動き続ける。

そうしないと負けてしまうから。

自分は独りきりだという現実に。


伊純は陸上部の練習から独り離れると、グラウンドの隅でワイヤレスイヤホンを装着した。部室から持ってきたスマートフォンで、お気に入りの音楽を奏でる。

ダンスは小中の体育の授業でもやっている。基本的なステップだけならそれなりに格好は付けられる。素人ダンスではあったが、同多木が言うようにあくまでも陸上の練習なのだ。この際ダンスのレベルにこだわる必要はないだろう。

ところが、なぜだか上手《うま》く踊れない。

昔できたステップもままならず、上半身と下半身がバラバラだ。頭は集中できずぼんやりと他のことを考えてしまう。自分がこうして踊りあぐねている間にも、今ごろ涼香はさらにタイムを伸ばしているのだろう。

そこで伊純は、ふと気づいた。

やはり同多木や篠田の言うとおりだ。

これは陸上と同じ。

形だけなぞってもダメなのだ。

どうしてダンスをしているのか。何が面白いのか。好きなのか。それが分からなければ、ダンスも、陸上も、何をやっても実にならないことだろう。

それが分かっているのにどうしていいか分からない。踊っていて楽しくない。

それでも伊純は踊り続けた。

陽の傾いてきたグラウンドの片隅で、がむしゃらに踊れば答えが見つかるかもしれないと思って。

そんな伊純の姿を見つめる視線にも気づかずに――

ステップ2

5

誰かの声がする。
誰かが私の名前を叫んでいる。
私は声のするほうに向かって懸命に脚を動かしていた。
くぐもる声、煙る景色、空回りする脚——
気は急《せ》いているのに前に進むことができない。
それでも私は追いつこうと必死にもがく。
すると、靄の奥から走る男の子の背中が浮かび上がってきた。
『待って！　私も行く！』
背中に向かって必死に叫ぶ。

と、男の子が走りながら顔だけ後ろを振り向いた。
その顔にはやはり靄がかかっているためよく見えない。
『伊純は来なくていい。ここで待っててーー』
『いや。私も行く！　置いてかないで』
私は彼の声を無視して追いかける。
『ダメだ。伊純は俺みたいに走れないだろ。危ないから家で待ってろ！』
そう言って、彼の背中は靄の中に小さくなっていく。
どこか胸騒ぎがあった。
だからこそ必死に止めた。
でも、彼は私の言うことを聞かずに走り去っていく。
突如、目の前に扉が浮かぶ。
私はドアノブを摑んで一気に開ける。
瞬間、目を開けていられないほどの強い風が私を包んだ。
そこで私は誰かに腕を摑まれた。
振り向くとそこにお父さんがいた。ただ黙って私を見つめている。
離して！　彼が行っちゃう。彼を見失う。
それでもお父さんは私の腕を離さない。黙って頭を横に振っていた。

『いややお願い。行かんとって――』


気がつくと、伊純は何かを摑もうと天井に向かって腕を上げていた。

耳元で目覚まし時計が鳴り響いている。それを止めた手で、伊純は己の目元にそっと触れた。濡れている。

「……なんで泣いちゅうが？」

眠っている間に流した涙が目の中に残っているようだ。瞬きをするとまた溢《あふ》れてくる。胸に残っているのは、懐かしさと、どこかほろ苦い切なさ。

けれど伊純にはそれが何だか分からなかった。なぜそんな気持ちになっているのか。なぜ泣いているのか。思い出せない。大事なことだった気がするのに、頭に靄がかかったようにぼんやりとして判然としなかった。

またこの夢か……。

伊純は緩慢な動きでベッドから起き上がると、クローゼットにかけられている制服を手に取った。

6

神宮坂高校の入学式から、伊純の日々は早送りするように進んでいった。

授業、部活、そしてクラスメイトとの交流も、初めこそぎこちなかったものの、止《とど》まることなく過ぎてゆく。暖かさを増した学園はいつしか鮮やかな新緑に包まれていた。

そんな中、東京での新生活で話せる友達ができたのは幸いだった。

入学式の日以来、伊純はあの四人と、何となく一緒に昼食をとったりする仲になっている。

全員クラスは違ったものの、一緒だと居心地がよかったからだ。お互いになぜ名前を知っていたのか、まだ判明はしていない。しかし東京に出てきたばかりの伊純にとって、これは嬉《うれ》しいことだった。


ところが、気持ちのいい季節のはずなのに伊純の気持ちは入学式からずっと晴れない。

沙紀たちと仲よくなったとはいえ、放課後はみんなバラバラだった。

伊純とあさひには所属している部活動があり、小夏と蒼は帰宅部だが、それぞれピアノの練習と自習が日課だ。沙紀は伊純とは違って本格的にダンスに取り組んでいる。

「今日も独りか……」

陸上部の練習へ向かう途中、伊純は陰鬱としたため息をついた。

重い気持ちを引きずって部室で着替えると、最近の定位置となっているグラウンドの片隅にやってきた。

陸上の練習とはいえ走っているわけではない。ここ最近は部の全体練習に参加せず、ただ独りでダンスを踊っていた。

伊純はいつものようにイヤホンを耳に着けてスマホを取り出す。

再生ボタンを押そうと指を伸ばしたが、触れる直前で引っこめた。

入学式の日にはっきりと自覚してしまった疑問が頭をもたげたからだ。

『自分は何で走っているんだろう』

ここ最近起こっている不可思議な事柄も気になった。

昔のことが思い出せないのだ。入学式で会った四人のことも、高知に残してきた友達のことも、なぜだかぼんやりしている。

さらに故郷が離れがたい場所だったからか。東京に放り出された根無し草のような気分にも苛《さいな》まれていた。

「いかん。無理や」

そう思った瞬間、伊純は手にしたスマホを置いた。耳からイヤホンも外す。

これ以上は進めない。

「サボるか。まだ入部して二ヶ月も経《た》っちょらんのに……」

立ち上がった伊純は、入部以来踊ってきたその場所をあとにした。


今日はもう帰ろう。このまま踊っていても意味がない。

制服姿に戻った伊純は項垂れながら部室を出る。

と、不意にどこかから澄んだ音が聞こえてきた。

軽やかな音色と躍るような旋律はピアノのものだ。爽やかな風に乗ってやってきたその音に、伊純は誘われるように顔を上げる。

音の出どころは校舎三階にある音楽室のようだ。

そちらを見上げた伊純の目に何かが映る。

音楽室の窓に時折見え隠れするのは、ピアノの演奏に合わせて踊る人影だ。遠くからでもそのダンスの美しさは見てとれる。

「沙紀？」

見覚えのある姿にその名をつぶやく。

踊っている沙紀を見かけるのは今日が初めてではない。放課後になると、学校内のあらゆるところで舞う姿をよく見かけていた。

あるときは中庭だったり、別のあるときは屋上だったり、そのまた別のときは空き教室だったりと、人の邪魔にならない場所であれば彼女はどんな場所でも踊っていた。人目はまったく気にならないらしい。


伊純は音楽に誘われるように校舎の中へ入ると、階段を上って三階を目指す。穏やかな空気が流れる放課後の廊下を進み、音楽室の前で立ち止まった。

そっと扉を開けて中を覗く。

そこには踊る沙紀の姿があった。

クルクルと回りながら軽快なステップを踏んでいる。

じっくり見るのは初めてだったが、その光景に伊純は一瞬で心を摑まれた。

滑らかな動きは穏やかな風に舞い散る桜の花びらのようで、しなやかに伸ばされた色白の両腕はまるで純白の翼のようだ。沙紀が今踊っているのは創作ダンスだが、指先まで意識が行き届いた動きは、彼女が子どものころに習っていたというバレエの賜物《たまもの》かもしれない。

沙紀が踊っている場所だけ別世界のようにすら見える。

と同時に伊純は気づいた。

今日の沙紀のダンスが特に素晴らしく見えるのは、音楽のおかげでもあるようだ。

いつものスマホの音楽ではなく、誰かの奏でるピアノに合わせているらしい。粒立った音の連なりがメロディを形作り、入口に立つ伊純を優しく包む。その旋律に促されるように沙紀は四肢を躍動させていた。いや、沙紀のダンスに導かれて曲が紡がれているようにも見える。おそらくその両方なのだろう。ダンスが音楽を、音楽がダンスを際立たせ、伊純の目と耳に感動を届けてきた。

やはりダンスに音楽は欠かせない。

音楽室に置かれているのはグランドピアノだ。もともと巨大なうえに天板が開けられているため、音楽室の入口からは演奏者が見えない。

伊純は部屋に入って回り込み、見る角度を変える。てっきり音楽教師で吹奏楽部顧問の先生だと思っていたのだが、ピアノの前に座っていたのはもっと見知った顔だった。

「あれっ、小夏？」

伊純のつぶやきと同時にちょうど音楽が終わり、振り返った小夏がパッと笑顔になる。

ラストのポーズを決めていた沙紀も閉じていた目を開けた。

「伊純？」

「ごめん、邪魔して。グラウンドにいたらピアノの音が聞こえてきて、それで覗きにきたんだ。ピアノ、小夏が弾いてたんだね」

「うん。私も沙紀ちゃんを見つけてここに来たんだけど、沙紀ちゃんが『ピアノ弾けるならセッションしない？』って誘ってくれて。ね？」

小夏の言葉に沙紀がうなずいた。

「いや、弾けるっていう次元じゃなくない？」

「えへへ、ありがとー。照れるなぁ〜」

伊純の賛辞に小夏が頬を掻く。鍵盤を叩く力があるようには見えない、細くて綺麗な指をしていた。きっと鍵盤の上で美しく躍る指なのだろう。

「沙紀のダンスもすごいね」

対して沙紀はいたってクールだ。「ありがとう」とつぶやくものの澄ましている。

「でも伊純ちゃん、部活は？」

小夏の問いに伊純は言い淀《よど》む。

すると沙紀が「サボりでしょ？」と鋭く突っ込んできた。

伊純は素直にうなずいたが、小夏も沙紀もそれ以上何も言ってこない。出会って以来、伊純が陸上に悩んでいることを知っているからだ。

二人の優しさに、張り詰めていた気持ちが少しだけ緩む。そんな空気に背中を押されて、伊純は思わず口にした。

「ちょっと、見ていってもいいかな？」

「もちろんいいよ。ね、沙紀ちゃん？」

「うん。ていうか、伊純も一緒に踊らない？」

小夏が笑顔で応えると、沙紀が突然提案した。

「わ、私も？」

「うん。陸上部の練習で踊ってるって言ってたし」

戸惑っている伊純に沙紀が手を差し出す。

直後、小夏がピアノを奏で始めた。

リズミカルで陽気なピアノの調べに合わせて、沙紀が軽やかにステップを踏む。空を飛ぶ鳥のように自由自在に舞っている。まるで背中に羽が生えているようだ。

伊純もそれに合わせて見様見真似《みようみまね》で身体を動かしたが、思いどおりにならない己の身体に呻き声を上げた。

「ぜ、全然動かんっ……」

沙紀と対照的に、自分はまるで電池切れを起こしかけたおもちゃのロボットのようだ。ギチギチと身体の中から嫌な音が聞こえるようで、変な汗が出てくる。自分の身体の中で、使えていなかった部分は思いのほかあったらしい。

どうりでダンスを踊るように言われるわけだ。顧問の助言の意図に改めて納得した。

同時に、不思議な感覚を覚えていた。

まったく上手く踊れていない。

なのになんでだろう。楽しい。

声援のような小夏の演奏で、沙紀を追いかけるようにして踊るダンス。それが、久しく忘れていた楽しいという気持ちを思い出させてくれる。心がどんどん軽くなる。

それはまるで、空中に引き上げられていくような不思議な感覚だった。

7

翌日の放課後、伊純は沙紀を捜して校内を走り回っていた。

音楽室で沙紀と小夏と一緒に踊り、久々に〝楽しい〟と感じた。同多木はダンスで自分を取り戻すまでは陸上の練習は休んでもいいと言っている。そして、ダンスの練習は独り陸上部の活動のすみでやる必要はないのだ。

そこで思い立ったのが沙紀だった。

沙紀はプロのダンサーを目指して三歳から活動しているという。少し冷たい印象ではあるけれどそれは表面的なことだ。本当の彼女はとても熱い。

身近にそんな子がいるのだ。初対面のときからなぜかお互い名前を知っていたということもある。ダンスを教えてもらうのにこんなにいい先生はいない。

すると、ようやく中庭で沙紀を見つけた。

昨日と同じように小夏と一緒である。

しかし今日、小夏はピアノを弾いているわけではない。沙紀の指示で身体を動かしていた。

「沙紀、小夏！」

手を振りながら近づくと、二人も笑顔で迎えてくれた。

「小夏もダンス？」

訊くと、小夏は照れたように顔を紅《あか》くした。

「今日も音楽室でピアノ触ろうと思ってたんだけど、吹奏楽部が使っててね。家だとなんだか気分が乗らないから、どうしようかなーって迷ってたの。そうしたら沙紀ちゃんが誘ってくれたんだ。一緒に踊らないかって。でも私、運動神経よくないんだよねぇ……」

「ううん。そんなことない。今ちょっと見てただけで分かった。確かに基本的な筋力は足りないかもしれないけど、小夏は抜群にリズム感がいい。ピアノをやってるだけあるよ」

沙紀が笑顔でそう評する。小夏はますます照れていた。

そこで伊純は、ここに来た理由を思い出す。

「ねえ沙紀、私にもダンス教えてくれないかな？　陸上のためにも私にはダンスが必要なの。お願い！」

言いながら顔の前で手を合わせ頭を下げる。

最近の悩み、そして同多木に言われたことをそのまま説明した。

するとそこに、ちょうど音楽室から曲が流れてきた。吹奏楽部の練習が始まったのだ。

「グッドタイミング、だね」

沙紀はそう言うと身体全体でリズムを刻み始める。

そんな彼女に促されて、三人のダンスが始まった。

沙紀の動きに合わせて、小夏のリズム感に引っ張られるようにして、伊純も懸命にステップを踏む。そうしているうちに頬が緩んできた。昨日、音楽室でセッションをしたときのような楽しさが込み上げる。否、それ以上の心地よさが湧いてきたからだ。

楽しい。互いに見合って気持ちを確かめ合う。

と、三人揃ってクルリとターンした直後だった。

「わっ、わわっ、ああっ！」

慌てたような声が聞こえて伊純は思わず動きを止めた。

沙紀と小夏も踊るのを止めて声がした渡り廊下に目を向ける。

そこには、白い道着に黒い袴《はかま》姿の小柄な女子と背が高い制服姿の女子が、二人揃って倒れていた。

大量の道着と袴、それに大きな籠があたりに散乱している。よく見れば服のそばには参考書も転がっていた。どうやら洗濯物の山で前が見えない子と、参考書を読みながら歩いていた子がぶつかり転んだようだ。

「ああ、やっちゃいました……」

「いったいな、もう……」

その声にダンスをしていた三人の声が揃う。

「あさひ？　蒼も？」

またこの五人だ。入学式の日に声を掛け合った五人がまた集まる。

「二人とも大丈夫？」

小夏が声をかけると、あさひが立ち上がりながらペコペコと頭を下げた。

「す、すみませんっ！　みなさんが踊ってるのを見て、一緒にターンをしたら……。蒼さん、お怪我《けが》はないですか？」

「痛かったけど、まあ大丈夫」

蒼が応えながら、散乱した洗濯物を拾い上げた。

「ああっ、すみません蒼さん！　汗で汚れてるのに……」

「いいよ、気にしないで。それよりターンしたの？」

蒼がそう尋ねると、あさひは遠慮がちにうなずいた。

「は、はい。みなさんがとても楽しそうだったので、つい籠を持ったまま回ってしまいまして……」

「あさひ、踊れるの？」

そう問いかけたのは沙紀だった。

伊純の隣に並んで、屈《かが》んだままのあさひを見つめる。

「踊れると言えるほどのものではないですが。合気の練習の一環として、最近ちょっと取り入れるようにしてましして」

「え、あさひも？」

「ということは、伊純さんも？」

伊純はうなずいて、陸上の練習にダンスを取り入れていることを話した。

あさひは「へえ！」と興味を持ったように目を輝かせる。

「なるほど。それで陸上部ではなくてこちらにいらっしゃったんですね」

「練習になってるかと言われるとまだ分かんないんだけどね。むしろ普通に楽しんじゃってるし、いいのかなって」

「いえ、普通に楽しめるのはいいことですよ。だって……」

言いかけてあさひは口を噤《つぐ》んだ。

伊純と沙紀の間から、小夏が顔を出すようにして尋ねる。

「あさひちゃん。もしかして楽しくないの、部活？」

その言葉に、あさひが「あはは……」とバツが悪そうに苦笑した。

「はい。実は、部活というより武道そのものが……」

すると小夏が「私も」とつぶやいた。

「小夏さんも、ですか？」

「うん。なんか、ピアノを独りで弾いてるの辛くなっちゃって。何のために弾いてるんだろうって」

「みんな、なんか似てるわね」

横からそう口を挟んだのは蒼だった。

「ええ！　蒼も？」

全員が驚く中で、伊純が一際大きな声を出す。

特進クラスの蒼は学年でもかなり上位の成績である。頭のいい彼女は何でもお見通しなのだろう。悩みなどなくエリートコースを歩み続けるのだろう、と伊純は思っていたのだ。それなのに……

「うん。なんか高校に入学したら、ちょっと勉強に行き詰まっちゃって。悩みってほどじゃないんだけどさ」

平静を装っているが、蒼の顔には濃い翳《かげ》が落ちている。

四人は似たような悩みを抱えているようだった。伊純は陸上が、小夏はピアノが、あさひは武道が、蒼は勉強が、楽しくなくなってしまっている。何のためにやっているのか、その目的を見失いかけている。

ふと伊純が見ると、沙紀がみんなを見て口を歪《ゆが》めていた。

彼女のダンスは素晴らしい。てっきり悩みなどないと思っていた。

でも、他の三人の話を聞いてもしかしてと考える。彼女はいつも独りで踊っているのだ。

「沙紀は、どうしてダンス部に入らないの？」

この高校にもダンス部はある。なのに、なぜ？

伊純の問いに、沙紀は一瞬驚いたような顔をしたあと、ゆっくりと話し始めた。

「中学のとき、ダンスユニットを組んでたの。でもいろいろあって私だけ脱退した……。で、その子たちもこの高校に進学してててね。ダンス部に所属してるの」

続けて沙紀からとあるグループ名を告げられたが、陸上一筋の伊純は知らなかった。

「最近、けっこう有名になっててね。そんな部に、ユニットを抜けた人間が入部なんてできるわけない。だから、私は独りで踊ってるの。独りでも踊るんだ」

気丈な沙紀が初めて見せる寂しそうな顔だった。

その顔を見て伊純は確信する。

沙紀は強い性格だからはっきりと口には出さない。けど、みんなと似た悩みを抱えていたのだ。

全員が抱えていた想《おも》いを吐き出したあと、伊純はふと思いつきを口にした。

「ねえ、とりあえずみんなで一緒に踊らない？　なんかみんないろいろあるみたいだけどさ、踊れば少しスッキリするんじゃないかな。私はすると思う」

唐突なその提案に一瞬静寂が走る。

洗濯籠を抱えたまま、あさひは目をパチパチと瞬いた。

「私がご一緒してもよろしいのでしょうか。楽しそうだとは思いますけど、ダンスの心得などまったくないのですが……」

「私も。ダンスなんてやったことないよ」

「平気だよ。二人が嫌じゃなければ」

懸念を口にしたあさひと蒼に、返したのは沙紀だった。

「嫌じゃないです！」

「私も別にいいけど。血行をよくするのは勉強にもいいしね」


「ああ、楽しかったぁ」

初めて五人で一曲踊り終えたあと、伊純は無意識にそう口にした。

全力で走って一位でゴールしたときのような充実感が胸に満ちている。

それは伊純だけではなかったようだ。みんな、どこかすっきりした表情で呼吸を整えている。

沙紀も満足げに微笑む。そして彼女はため息をつくように言った。

「こんな気持ち久しぶり。もうないと思ってたのに」

「うん、同じ。私も、こんな楽しさ忘れてた」

伊純は言いながら、陸上部顧問・同多木からのアドバイスを思い返していた。彼はこれを見越してダンスを薦めてきたのかもしれない。気持ちが軽くなったからか、身体も軽く感じる。速く走れそうな予感がする。

「ねえ。伊純、小夏、あさひ、蒼」

そこで沙紀がみんなに呼びかけた。

「みんなでダンスコンテストに出てみない？」

沙紀の提案に、全員が「ダンスコンテスト？」と揃って口にする。

コクッとうなずいて沙紀は教えてくれた。夏の終わりに都内でも有名な芸術祭があり、そこでダンスコンテストが行われるのだと。

「審査員の一人は大手芸能事務所の人で、優勝チームをプロデュースする話が出てるらしいの。私は独りだから無理だと思ってた。出る勇気はなくて忘れようとしてた……。でも忘れられないの。忘れたくないの。大きなステージで踊る夢。プロになる夢。誰かと一緒に踊る夢。諦めようと思ったけど、やっぱり私は――」

「出ようよ」

みなまで聞かず伊純は答えた。

「踊ってるうちに、みんな大事なことを思い出せるかもしれないし」

残りの三人が顔を見合わせる。

「みんなで一緒に踊ってたら、上手く言えないんだけど、同調《シンクロ》っていうのかな。なんかみんなと繋がるっていうか、自分は独りじゃないって感じがしてさ。だから、それぞれの悩みもまとめて解決できるかもって思ったんだけど」

言って伊純は、残りの三人に尋ねた。

「みんなはどうかな？　やってみない？」

すると三人とも「いいね」、「やってみたいです」、「悪くない考えだと思う」と口々に同意してくれた。伊純と同様に、己を悩ませている今の状況から抜け出したいと考えているからだろう。

「よし、一緒に踊ろう。みんなで！」

赤く染まる空の下で、「うん！」と返事が重なった。

とそこで、伊純は不思議な感覚が湧き起こるのを感じた。

あれ？　この感覚、どこかで……

楽しい以外の感情。音楽室じゃない。別のどこかで覚えた感情だ。

どこで？　東京？　高知？　それとも……

一瞬、伊純の頭に光景が浮かぶ。

今いる場所ではない。故郷でもない。

もっと、ずっと遠い場所。ずっとずっと、遠い世界——

8

ダンスコンテストに出ようと決めた翌日、伊純は陸上部が練習するトラックの片隅にやってきていた。陸上部の顧問・同多木とマネージャーの篠田に事情を説明するためである。

コンテストへの参加は自由だが、勝ちを狙うならば当然それなりに練習が必要だ。デビューを狙うユニットたちもこぞって参加するハイレベルな催しに対し、沙紀の指導があるとはいえ自分たちは素人だ。二足の草鞋《わらじ》で勝てるはずがない。そこで、夏の終わり、芸術祭のコンテストまでダンスの練習に専念したいと相談しにきたのである。

同多木は「やるなら全力でやれ」と、篠田は「限界、突破しておいで」と言ってくれた。

こうして本格的なダンス練習が始まった。

ゴールデンウイーク明けに初めてみんなで踊ってから、五人はことあるごとに集まってダンスの練習を重ねた。

理由はバラバラだったが、共通していたのは〝楽しさ〟だ。それぞれが孤独を抱え、もがいていた。だから、みんなで動きを合わせて踊れることが楽しかった。

だが、楽しさだけで集まっていたわけではない。

もう少し駆り立てられるような焦燥感が混じっている。

孤独。特に何かを置き去りにしているような、忘れていっているような不安感。それらを強引に拭うために、きっと、みんなで集まっていないと怖かったのだ。


新緑が眩《まぶ》しい季節から雨の多い時期になってゆく。

それに合わせて練習場所も、中庭、屋上、公園といった屋外から、屋内の空き教室、体育館の隅、そして廊下の踊り場などへ、その時々によって変わっていった。

定期テストの期間以外は平日五日の放課後、さらには都合が合えば土日にも、どこかに集まって身体を動かす。その練習のかいあって、五人の演技は少しずつ様になってきていた。

しかし、それぞれ課題は残っている。

伊純は踊るために必要な筋力に問題なく、すでに身体はできていた。ただ真《ま》っ直《す》ぐにしか走ってこなかったせいで柔らかさと表現力が足りていない。同多木と篠田に指摘された心と身体のバランスも崩れていた。みんなの演技を参考にしながら、少しずつ身に付けていく。

小夏は何もかも伊純と正反対だった。ずっとピアノをやってきたからリズム感と表現力はずば抜けている。しかしそのイメージを具体化するだけの筋力が決定的に欠けていた。毎日地道な筋トレを行いながら、身体全体を大きく使うことを覚えていく。

あさひは控えめな雰囲気とは裏腹にもともと武道の達人だ。筋力もある。リズム感もいい。しかし表現したい自分をイメージすることが苦手だった。武道は基本、強さの勝負だ。だが、ダンスは自分の魅力を出す必要がある。どんな自分を表現するか。可愛く？　カッコよく？　それを考えながら選び抜いてゆく。

蒼は机にばかり向かってきた頭脳派だが、ダンス初心者四人の中では一番筋がよかった。もともと細く背が高いので見栄えがする。加えて呑《の》み込みが早い。しかし唯一苦戦していたのが表現力だった。あさひとは異なり、イメージや想いは頭の中にうずまいている。なのに外に出てこない。考えていることを口にできない。表現できない。常に独りで考え解決してきた性格が災いした。動きを間違えたら周りがフォローしてくれる、と仲間を信じることで心の鎧《よろい》を脱ぎ去って協調することに慣れていった。


「ごめん、お待たせ！」

伊純が到着すると、そこにはすでに他の四人が揃っていた。

今日は久々の梅雨の晴れ間だったので練習場所は校舎の屋上である。

「ここに誘ったあんたが一番最後なんてありえない」

唇を尖《とが》らせて小言を言ってきたのは蒼だ。

「ごめん、蒼。あさひも」

「いえいえ、大丈夫です。振り付けを習ってましたので」

「あなたがなかなか来ないからもう覚えちゃったわよ」

その二人の向こうで小夏と沙紀が手を振っていた。

「よし、やろうか」

地面に置いたポータブルスピーカーの前で屈んでいた沙紀が、スマホの画面を見せながら言った。

何も目標がなくては上達しない。ダンス上級者の沙紀のそんな提案で、これまでひたすら一曲のダンスの完成を目指して練習し続けていた。

曲は小夏が提案し、自宅で自ら弾いたという録音データを持ってきてくれていた。

振り付けは沙紀が担当した。基本的なステップや身体の動きを盛り込んでいるので、これが踊れればダンスの基礎は習得したことになる。

このダンスを期末考査が始まるまでに完成させようと頑張ってきた。結果、この間の練習である程度満足できるものになった。そこで伊純が『観客がいると思って一回通してやってみない？』と誘ったのである。それが今日だった。

ところが曲を流そうとした瞬間、スマホの画面がパッと消えて暗くなる。

「沙紀、電池切れた？」

「あれ？　本当だ。何だろう？」

気づいた伊純の言葉に、沙紀は壁のほうへ向かった。だが、モバイルバッテリーにスマホを繋ぐも首を傾げている。

「あ、点《つ》いた！」

沙紀の声にウォーミングアップをしていた全員が立ち上がる。

「ごめん、みんな。音楽かけるね」

沙紀に言われて、伊純たちは両腕がぶつからない間隔で円の形に並ぶ。

沙紀も操作したスマホを小型のポータブルスピーカーの横に置き、四人で作った輪の中に入る。

「それじゃあ、みんな、私に合わせて」

沙紀を見て伊純たちはうなずく。

直後、スピーカーから音が流れ始めた。

「ワン、ツー、スリー、フォー……」

全員、カウントを取る沙紀を見て、踊り出しのタイミングを合わせる。

そして五人は一斉に動き出した。

それぞれの個性が違う。身長だってバラバラ、長所も短所もまちまちだ。伊純は前のめりになり、ついつい曲より早く動いてしまう。

「伊純、私を見て」

沙紀の穏やかな声が響き、伊純はハッとした。

そうだ。私には仲間がいる。一緒に踊ってくれる仲間が。

足元に向けていた意識を声のほうへ。目が合うと沙紀が微笑んだ。

「小夏、あさひ、蒼。振り付けは、あくまで枠だから、縛られないで」

他の三人も、沙紀の呼びかけで強張《こわば》っていた表情をホッと緩める。

「みんな、自由に踊ろう」

沙紀の言葉に、まるで心で踊っているかのような彼女の姿に、伊純たちの身体が軽くなる。

ステップを踏んで、ターンして、そうして視線を交わしていくうちに、身体だけでなく心までが温かくなってくる。

輪の中心から外へ。蕾《つぼみ》が花開くように五人はクルリと回りながら散る。

最後に、青空に向かって大きく大きく両腕を広げた。

曲が鳴り終わった瞬間、全員が思わず声を上げた。

「できた！」

「やったぁ〜！」

「すごいすごい、私たちできたんですね！」

「ようやく完成かな」

「みんなよかったよ」

口々にお互いを褒め合う。

少しずつダンスが上達し、今、最初の一曲が完成した。

それと同時に楽しさが胸に広がる。満足感や連帯感を実感する。

身体から不要な力が抜けていく。

伊純は確かな手応えを感じていた。

これなら、もうすぐ陸上にも復帰できそうだと。

9

梅雨空からシトシトと雨が落ちてきている。

時刻は現在十八時過ぎ。夏至が近いため本来ならまだ明るい時間帯だが、雨雲が陽の光を遮っているため薄暗い。

伊純は昇降口から外に出ると、独り傘を差して駅に向かった。

つい先日とりあえずひとつのダンスを完成させたが、コンテストで結果を残すにはまだまだ実力不足である。その後もさらに練習を重ねていた。

もちろん今日も練習をした。いつもならそのあとみんなで一緒に賑《にぎ》やかな下校となるが、今日はバラバラの帰宅になった。正確に言えば、伊純だけが一緒に帰れなかった。雨のため練習は屋内で行ったが、帰ろうとした矢先、伊純が通学に使っている地下鉄が運行を見合わせているという通知がスマホに来たのだ。

近ごろ頻発している停電が原因らしい。

いつ運行再開になるか分からない中でみんなに付き合わせるのも忍びない。そこで、通学の路線が異なる他の四人には先に帰ってもらったのだ。

電車が動き始めたのは、彼女たちと解散して三十分以上が経ってからのことだった。

水溜《みずた》まりを踏まないように避けながら、伊純は学校から続く坂を下りて駅を目指した。

最寄り駅までの道のりは普段は学生を中心に賑わっている。東京の中でも最先端の流行が集《つど》う場所だからだ。

しかし今日は人通りが少なかった。雨に濡れることを嫌って、人々は屋内で過ごしているのだろう。

「あれ？」

足元の水溜まりからふと顔を上げて伊純は気づいた。

目の前を見覚えのある後ろ姿が歩いている。

傘を差しているので肩までしか見えなかったが、均整の取れた後ろ姿は〝彼女〟だ。同じ学園とはいえマンモス校なので、これまで部活動の時間以外で会ったことはない。部室でもすれ違ってばかりで、練習着姿しか見たことはなかった。だが、制服のスカートから伸びる引き締まった脚は間違いない。伊純が一方的にライバル視している、一年生で最速の短距離ランナーである。

「佐伯さん！」

伊純は勇気を出して声をかけた。

以前『遊びじゃない』と突き放されたことがあるので緊張する。あのときは、彼女の陸上に対する想いの強さを知り圧倒された。それとともに、自分にはそんな覚悟がなかったことに気づかされた。負けるのは当たり前だ。才能の差というよりも、メンタルで圧倒的に差を付けられていたのだから。伊純には彼女のように走るための確固とした理由が見つかっていなかった。

しかし、みんなでダンスに取り組んでいる今、進むべき道が分かったような気がしていた。

まだまだ迷いは多いけれど、それを恥じる必要はない。

それに彼女のことをもっと知りたかった。ライバルであると同時に同じ学校に通う生徒だし、何より同じ部の仲間でもあるのだ。どうしてそんな強くいられるのか訊いてみたかった。

前を行く彼女が振り返る。

傘から覗いたその顔を久々に見て、伊純はなぜだかホッとした。

「やっぱり佐伯さんだ。今帰り？」

「そうだけど……何か用？」

あいかわらず素っ気ない反応だ。しかし伊純はひるまず続けた。

「もしかして地下鉄？　私もなんだ。電車停まってるっていうから動き出すの待ってたの。佐伯さんもだよね」

「まあね」

「じゃあ駅まで一緒に帰ろうよ」

興味を示そうとしない涼香にそう畳みかけると、ふん、と彼女は鼻を鳴らした。

「勝手にすれば」

いつもは部活の最中に話しかけていた。練習の邪魔になるからとにべもない返事だったが、今はただ駅に向かっているだけである。涼香としても断る理由がなかったのだろう。地下鉄までの道のりを、伊純と肩を並べて黙って歩いていく。

すると意外なことに、先に口を開いたのは涼香だった。

「あなた、陸上、辞めないわよね？」

唐突に、涼香は刺すような目で尋ねてきた。

伊純は一瞬呆《ぼ》けてしまう。

「辞めないけど、なんで？」

「この間、同多木先生たちに相談してたでしょう。ダンスをやるって」

確かに、先生たちには当分の間ダンスに専念すると告げている。でも伊純に陸上を辞めるつもりはない。

「聞こえてたんだ。そうだよ」

「あなた、走らなくていいの？　私に勝つんじゃなかったの？　ダンスなんかして遊んでる暇あるの？」

「勝つよ。それにダンスは遊びじゃない」

断言した伊純の言葉に、涼香が眉を顰《ひそ》める。

「真っ直ぐ走り続けても、悔しいけど今のところ佐伯さんには勝てなそうだって思ったんだ。だから特訓してくるの」

真っ直ぐに、ひたむきに走り続ける。それはとても大事なことだ。今までの伊純はずっとそんな風に〝気持ち〟で走ってきた。辛い局面、ギリギリの局面で、自分を助けてくれる底力は心である。

ところが今、その心が折れかけている。

どうして自分は走っているのか。その動機が曖昧になっている。

ただ目の前にいるライバルに勝ちたいというだけではダメだ。それは単に他人と比較しているにすぎない。涼香の夢のように、自分で、自分の心に火を点けなければならない。心の底から湧き上がる気持ちが必要なのだ。

涼香にはカッコつけた言い訳は通じない。

そう思った伊純は思いの丈《たけ》を説明した。

「――だから、ダンスをやって、バラバラになった気持ちと身体をまとめたかったの。同多木先生に薦められたのがきっかけだけど、今はそうじゃない」

「どういうこと?」

ダンス=陸上の特訓という理屈が涼香にはピンと来ないらしい。当初は自分もそうだった。でも今は理解している。

「ダンスって、自分の調整《チユーニング》をしてるみたいでさ。どこを動かせばどこが反応するか、どう見えるかがよく分かるようになったし、私の中で消えかけていたリズムを取り戻してる感じがするんだ。

あとね、私、独りでダンスしてるわけじゃないんだ。仲間と一緒なの。みんなと動きを合わせているると、パワーを貰える。自分が足りないところに気づかせてくれる。それに、揃って踊れたときの達成感がたまらなくて。何より、楽しいんだよね」

「楽しい、か……」

一気にまくし立てた伊純に、涼香がポツリとつぶやいた。

視線を足元の水溜まりに落としている。いつの間にか、普段の勝ち気な雰囲気は消えていた。

「最近、楽しいなんて思ったこと、ないな……」

「そうなの？」

意外だった。

あれだけ速く走れる子が楽しくないなんて。夢に向かって迷いがない。確実に階段を昇っている彼女だ。自信に溢れ、当然楽しんでいるのだと伊純は思っていた。

「だって佐伯さん、将来はオリンピックに出るって、この前話してくれたじゃない？」

「出るわ。世界で活躍して、大企業の陸上部に所属する。そして多くのスポンサーについてもらう」

「陸上が楽しいからじゃないの？」

「あくまで仕事よ。楽しいからやってるわけじゃない。義務なの」

涼香の話に伊純は驚いた。一見弱音とも取れる言葉だが、それは〝覚悟〟の表れでもある。

楽しくなくてもやり抜く。それが責任であり義務だと。

伊純とは考え方がまったく逆だ。

走る動機が〝義務〟だなんて。

篠田から、涼香は北関東の出身だと聞いていた。この学校に通うためにわざわざ親元を離れ、一人で上京したのだという。誰にも負けないといつも気持ちを張りつめさせているはずだ。

伊純に心のうちを漏らしたのは、その気持ちが入学から二ヶ月以上経ち、ふと緩んだのかもしれない。

涼香はさらに話を続けた。

「うちの学校、私立でしょ。陸上に力入れてるし、将来のステップにはベストだと思ってた。でもうち片親でね。あまり経済的に余裕がないのよ。とてもじゃないけど、普通だったら私立になんて通えない。だから私、中学のときに陸上で活躍してスポーツ特待生になったんだ。学費免除のためにね。そんな私から陸上をとったら何も残らない。学校に通い続けることもできない。だから、私にとっての陸上はすでに仕事なのよ。生きていくために、必要なことなの」

クールに見えた涼香の言葉に、伊純は息を呑む。

まさかそんな経緯があったなんて。

対する伊純は何の疑問もなく高校に入学した。親の負担とか、陸上部に入るのが当然とか、あまり考えなかった。スポーツ推薦だが特待生ではなく、当然この学校に通うために、親は大きな負担をしてくれている。

涼香の話に伊純の目から鱗《うろこ》が落ちた。

しかし、どこかスッキリしない。

涼香はすごい。高校一年でそんな覚悟を持っているなんて。比べると自分がまだまだ子どもに思える。

それでも、何かが違うんじゃないか、と伊純は思った。自分だけが一方的に幼いわけでもないような気がしたのだ。

そう思うと、自然と言葉が口をついて出た。

「ねえ、佐伯さん、ダンスしてみない？」

「ダンス？　私が？」

「うん。だって走るの楽しくないんでしょ？」

「……」

「じゃあ、最近の私と一緒。私は陸上の楽しさを思い出すために踊ってるの。手応えもある。佐伯さんだって――」

「あなたと一緒にしないで。陸上は義務だって言ったし、楽しくはないと言った。でもやりがいがないわけじゃない。レースで優勝して注目を浴びればそれはそれで満足よ。あなたと違ってタイムはどんどん縮んでるの」

「でも、楽しくないんでしょ？」

「だから――」

「そんなのおかしいよ」

伊純の言葉に、涼香の目つきが鋭くなった。

「義務だっていい。オリンピックの夢も素敵だと思う。でも走り始めたきっかけは、ただ単に楽しかったからでしょ？　すべてのスタートに〝楽しい〟があるほうがいいに決まってる。楽しければ苦しいときにも頑張れる。夢が叶ったときの喜びも大きいでしょ？」

伊純が一気に話すと、涼香はそれ以上何も言わず前を向いて歩き始めた。

傘で顔色が窺《うかが》えない。ほとんどしゃべったこともなかった相手に、急に立ち入りすぎただろうか。

気持ちが入ると見境がなくなる癖が出てしまった。涼香のほうから身の上話をしてくれたのに、説教臭いことを言ってしまったと伊純は後悔する。

「なんか、ごめん。いきなり……」

気がつくと、いつの間にか駅前の交差点に来ていた。

道を渡ればもう駅の入口である。涼香はなかなか話す機会のない相手だ。今度、こんな風に話せるのはいつになるだろう。気まずい雰囲気で終わりたくないと伊純は思う。

「佐伯さん、私、あなたが私みたいに苦しんでるなら力になれるかなって思ったんだ。陸上の練習を妨げるつもりはないの。だから少し考えてみて」

「……」

言葉を重ねても涼香は何も言わない。

すると、目の前の信号機が青になった。伊純と涼香は黙ったまま横断歩道を渡る。

ところが、渡っている最中に奇妙なことが起きた。

青く点灯していたはずの歩行者用信号機。その光が突然消えたのだ。

「あ、信号が……」

伊純のつぶやきに涼香も視線を上げる。

見れば、車道側の信号機もすべて消えていた。

幸い車の流れは止まったままだ。涼香は無言で歩みを早める。伊純もあとを追って渡り切ろうとした。

だが、視界の端に映ったものに伊純は反射的に足を止めた。渋滞で止まった車の列を縫うように、一台のバイクがスピードも落とさず飛び込んできたのだ。

「待って、佐伯さん――」

その声に涼香が振り返る。

直後、ブレーキ音が響き、涼香の身体がバイクとぶつかった。

手放された傘が宙を舞う。弾き飛ばされた涼香の身体が、まるで時間が引き延ばされたように、ゆっくりと歩道に転がってゆく。接触したバイクも、避けようとハンドルを切ったからだろう。雨に濡れた路面で横滑りになった。

「佐伯さんっ!!」

伊純は、涼香の身体が地面に打ちつけられたと同時に駆け出していた。

傘を放り出し、バイクの破片が散乱する横断歩道を抜けて涼香のもとへ。

「佐伯さん、しっかりして!」

濡れた地面に膝をついて伊純は叫ぶように呼びかける。

しかし涼香は応えない。額から流れた真っ赤な血が、雨水に混じって地面に滴り落ちていた。

「きゅ、救急車……」

伊純は震える手でスマホを取り出す。

一一九を入力し、通話ボタンを押す。

ところがスマホは何の反応も示さなかった。

「なんで?　なんでかからんが!?」

スマホの画面を見ると圏外になっている。ここは都心のど真ん中なのに電波を拾えていない。

見れば電池が切れたわけでもない。どうしてこんなときにと焦りながら、伊純は周囲に助けを求めた。渋滞していた車や近くの店の中にいた人々も、音に驚いて顔を覗かせている。

「すみません!　誰か、救急車を呼んでください!　誰か!」

しかし、伊純の必死の訴えにも周囲の反応は芳《かんば》しくない。

無視しているわけではない。何人かが助けようと動いてくれていた。車から出てきてくれた人もいた。

けれど、みんなスマホを睨《にら》んで首を横に振っている。

「ダメだ。電波がない！」

「こっちは電池切れ。なんで急に？」

「俺もだ。これじゃ警察も呼べやしない」

「病院まで車で運ぶか？　でも、信号が消えてるし……」

「そもそも頭から血が出てるし、動かしたら危ないんじゃないですか？」

「いやでも、この雨の中に置いておけないだろ」

すぐ近くまでやってきてくれた人たちが口々にそう言う。伊純は雨に打たれながら、それらの言葉をどこか遠くの会話のように呆然と聞いていた。

救急車を呼べない。この雨の中で倒れている友達を助けられない。

「あの、一番近い救急車があるとこ、どこか知りよりますか!?」

突然の伊純の言葉に、隣にいた若いスーツの男性が反応した。

「消防署ならこの通りを真っ直ぐ行って、曲がった先にあったはず。でもここからけっこう遠いよ」

それを聞いて伊純は迷わず立ち上がった。

「すみません。救急車、呼んできますき。彼女のこと頼みます！」

困惑する人々をよそに、伊純は鞄《かばん》すら残したままその身一つで走り出した。

涼香を助ける方法は他にもあったかもしれない。彼女のそばにいたほうがよかったかもしれない。

けれど、どれが最良の選択かなんて考えている余裕はなかった。じっとしていられなくて、気づいたときには消防署を目指して走っていた。

雨に打たれながら、暗い色の水溜まりを蹴って伊純は前へ前へと走る。

消防署までの道のりは、伊純が得意とする短距離の十倍もの距離だ。歩けば十五分ほどの時間がかかる。

けれど伊純は全力で走った。ペース配分も無視して、短距離を走るように走った。

夢中で走ると、ようやく赤い消防車が目に飛び込んできた。

石造りの建物のガレージ内には救急車もある。認識した瞬間、伊純の脚は速度を緩めることなく、自然と救急車のほうに向かっていた。

ガレージには消防隊員たちがいた。彼らの一人と目が合ったと同時に伊純の脚から力が抜ける。バランスを崩した身体を、その消防署員が慌てて受け止めてくれた。

「き、君、大丈夫か⁉」

「助、けて……助けて、くださいっ！」

喘《あえ》ぐように事故の場所を伝える。
直後、ふっと伊純は気を失った。

ステップ3

10

目を開けるとカーテンの隙間から朝陽が差し込んでいた。

光の量が少なく部屋全体が薄暗いのは雨のせいだろうか。輪郭がぼやけている。

それでも、徐々にクリアになっていく頭で、伊純は昨日のことを思い出していた。

昨日、事故に巻き込まれた涼香を助けるために消防署まで走り、そこで意識を失った。その後、意識を取り戻すと病院の一室だった。どうやら涼香と一緒に病院へ運ばれたらしい。軽い問診を受けたが、異常なしということで、伊純は帰宅を許された。

一方、涼香は額を切っていたため出血が目立っていたが、検査の結果、頭部に異常は認められなかったという。幸いスプリンターの命である脚にも怪我はない。しかし左腕を複雑骨折してしまったため、当面入院を余儀なくされたということだった。

一日会いたいと思ったが、涼香は怪我をしたことで落ち込んでおり、誰にも会いたくないという。お互いのことを話した結果、少しだけ距離が縮まったように思えたが仕方ない。伊純は涼香を病院に残して帰ることにした。

その後、報《しら》せを受けた父が慌てて病院に駆けつけ、家まで車で連れ帰ってくれた。が、調子が悪かったので、伊純は夕飯もそこそこにベッドに横になった。

そのまま眠り、こうして朝を迎えたようだ。

長い時間眠ったので身体に疲れは残っていない。けれど、事故のときに覚えた恐怖は消えていない。心には暗い影が落ちたままだった。

隣にいた人があるときを境に突如いなくなってしまう。そういうことが自分にも起こり得るのだと、伊純は実感してしまった。

ここ最近よく見る夢は、どこか事故後の恐怖と似ている。近しい人を失う恐怖。そしてこのことを考えるときに必ず訪れる頭の痺れ。自分は以前、大切な誰かを亡くしたのだろうか――

みんなと一緒に踊ることで忘れかけていた不安が、昨日の事故でまた一気に蘇《よみがえ》る。伊純はベッドに横たわったまま、圧《の》し掛かってくる重苦しい空気に堪えていた。

「考えてても仕方ないいき、起きよう」

いつまでもこうしているわけにはいかない。伊純は気持ちを切り替えるように自らにそう言って、ベッドからのそのそと抜け出した。

今日は土曜日で、いつもなら午前中に行っているダンス練習も休みだ。前日からの雷を伴う大雨が続く予報だったため、珍しく休みにしたのである。ただでさえ昨日は大変だったのだ。久々に丸一日のんびりするのもいいだろう。

だが、カーテンの隙間から覗く光がいつの間にか眩しくなっている。さっきまで雨天で薄暗かったというのに、一気に晴れ間が出てきたようだ。

「天気予報、ハズレかな……」

カーテンを開けて伊純は目を細めた。頭上にはまだ雨雲が垂れ込めているが、西の空は明るくなってきている。

顔を洗ってリビングに向かうと、母はキッチンに立っていて、朝食を待つ父がソファに座ってテレビを観ていた。

「おはよう」

「ああ伊純、おはよう。体調、もう大丈夫？」

昨日の事故を心配して母が言う。身体を捻って父もこちらを向く。

「うん。お父さんも昨日はありがとう。雨、もう止《や》みそうだね」

「さっきまでの雨が嘘みたいやな。午後も晴れると。あー、こじゃんと被害出ちょるなぁ」

伊純の様子に安心したのか、ことさら冷静を装って父が言う。

父の視線の先では、アナウンサーが台風被害の状況を伝えていた。

どうやら昨日の雨は梅雨ではなく、早めに上陸した台風だったようだ。風雨による直接被害はなかったが、日本各地で停電が相次いでいるらしい。

「停電なぁ。最近ずっと多いが。昨日はまっことひどかったわ」

「おじいちゃんとこは大丈夫かな？」

伊純は急に祖父の身が心配になった。

「いつものことやき。何ちゃあ心配せんでも平気やろ」

伊純が口にした懸念に、父はわざとらしく軽い調子で答えた。

台風が来るたびに室戸岬《むろとみさき》のあたりは全国に報道されるが、南国高知は台風被害の多い地域だ。

そのためどこの家庭でも備えはしっかりしてある。

けど、ちょっと心配……

窓の外の青空と対照的に、モヤモヤとした不安が伊純の胸に広がった。

「じいちゃんとこより会社の停電が心配よ」

「お父さんのとこ、電気ないと仕事にならんよね」

伊純の言葉に、父は「ならんなぁ」とため息交じりに相槌《あいづち》を打った。

『電力会社からのお願いです。電力の需給状況が大変厳しくなっております。ご迷惑おかけ致しますが、節電のご協力をお願い申し上げます』

「原因は不明だとよ」

アナウンサーの呼びかけに父がうんざりしたように言った。

伊純の父は漁業関係の研究者だ。

だが、漁業とは言っても魚などの海洋生物についてではなく、漁船の自動航行を目的とした人工知能を開発している工業系の研究者である。

そんな仕事柄、父はコンピュータを始めとした電子機器をよく使う。停電がこうも頻発して、しかも改善の見込みもなければ心配なはずだ。嵐の海に慣れている元漁師の祖父のことより、つい仕事の心配をしてしまうのも当然かもしれない。

『続いてのニュースです』

停電から続くニュースを伊純は父の傍らでぼんやりと眺める。

いくつかの星が夜空から消えたという天文分野の話。春から続く行方不明者の増加と、それに関連しているのか、記憶喪失で徘徊《はいかい》中に保護される人が相次いでいる事件。携帯電話の不調によるクレーム件数が、各通信回線事業者で軒並み増加しているとの統計データ公開。世界数ヶ国でクーデターが勃発中。スーパーコンピュータの〝富嶽《ふがく》〟が最新ＡＩの開発に貢献し——

台風、停電、行方不明……

それらの単語を聞くうちに胸騒ぎが広がった。

この春から停電騒ぎはしょっちゅうだ。スマホみたいな小さなことから電車の遅延、そして昨夜の大規模なものまで。昨日の事故だってもとを正せば信号機の故障なのだ。夢のことも、昔のことを思い出せないのも、さらには陸上の不調も、伊純の身の回りで起こっているあらゆることが裏で繋がっているのかも。そんな妄想まで頭をもたげてくる。

「伊純。朝ご飯の準備、ちっくと手伝って」

母に呼ばれて我に返り、朝食をダイニングテーブルに並べてゆく。

「そういや、伊純。あんた、最近どう？」

鰹節《かつおぶし》の出汁《だし》が利いた味噌汁をお椀によそいながら、母が尋ねてきた。あえて涼香のことに触れないのは娘を気遣ってくれているのだろう。

差し出されたお椀を受け取りながら、伊純は「どうって、普通？」と答える。質問が漠然としていて、寝起きの頭ではそのような返事しかできなかった。

「学校は問題ないがね？　陸上の調子はえいが？」

「まあ、そこそこ。あ、お母さん、陸上で思い出しよったけんど、そういえば私、何で走り始めたが？」

思い出せずにいる自分が走り始めた理由。物心つく前から走っていたのだ。だから、もしかして母なら自分の走りのルーツを知っているのではと伊純は尋ねた。

「ええ？　あんた、まさかそんなこと忘れゆう？」

「う、うん……」

「ほら、あんた、仲いい子がおったろう」

「仲いい子って？」

「××くんよ。忘れよったが？」

そこでふたたび頭が痛む。

頭の中に顔が過るが像を結ばない。そもそも母の言葉が聞き取れなかった。

「××くんと一緒によく走っちょったやないの。あんたよりすごい走るの速くて、勉強もできて」

「お母さん、ちょっと待って。今、何て……」

ところがそこでスマホから音が響く。

「沙紀だ」

連絡用に五人で作ったトークルーム。

そこに、沙紀が全員に向けたメッセージを投下していた。

11

　沙紀から届いたのは『晴れてるし、ダンスの練習しない？』というメッセージだった。

　幸い事故による不調は治っている。涼香は大怪我だったが大事には至らないと聞いていた。だが、事故のショックで落ち込んでいるだろうから、今はお見舞いにも行かないほうがいいだろう。ならば家にいてもやることはない。伊純が『やろう！』と返事をすると、直後、みんなからも同じ言葉が返ってきた。

　みんなとメッセージをやり取りしている間に、母は父と用事があると言って出かけてしまった。おかげで先ほどの会話で出た名前などは聞けずじまいだ。

　どうしてそんなことまで忘れているのだろう。母の言葉がはっきり聞き取れなかったのも腑《ふ》に落ちない。しかも世間では不可思議な事件や事故が頻発している。

　出かけるまでの間、伊純はクローゼットをひっくり返し、高知から持ってきた段ボールを漁《あさ》ってみた。引っ越してきてから慌ただしくて、運び入れたままになっていたのだ。

　確かここに入っていたはず。

ところがそこに目当ての物が見当たらない。

卒業アルバムも、寄せ書きの色紙も、家族の写真アルバムも、何もかも……

思い出に繋がるものは何ひとつ見当たらなかった。

高知で荷造りをしていたとき間違いなくここに入れたはずだ。東京に持ってきたと思っていたのに。いったいどこに、と伊純は家中をくまなく捜す。

そんなことをしているうちにお昼になる。みんなとの待ち合わせは午後一番に学校近くの公園だ。

伊純は母が作っておいてくれたお昼をレンジで温めてかき込むと、急いで家をあとにした。


家を出た伊純は、雨上がりの匂いがまだ残る道を駅に向かって歩いていった。真上には青空が見えるが、遠くの空にはまだ灰色の雲がかかっている。どうやら東京上空だけが晴れているようだ。

駅から電車に乗って向かうのは、神宮坂高校と駅を挟んで反対側にある代々木公園である。通学のときに使ういつもの駅からでも行けるのだが、伊純が降りたのは公園に一番近いＪＲの最寄り駅だった。またも電車のダイヤが乱れていていつもの地下鉄が止まってしまっていたからである。最近になってようやく都内の電車に慣れてきた伊純も使うのが初めての路線だった。

それにしても電車の遅延があまりに頻発する。もう慣れっこになっていたが東京の電車はこんなものなのだろうか。

初めて降り立った駅はどこか見知らぬ場所のようだった。ちょっとだけ新鮮な気持ちで、伊純は沙紀たちと待ち合わせている代々木公園へと向かう。

駅からほど近くにある交通量の多い幹線道路は赤信号で車が渋滞していた。その上を青いペンキで塗られた陸橋が跨《また》いでいる。

陸橋を下りた少し先に公園の入口がある。迷わないようにスマホの地図アプリとにらめっこしながら陸橋の階段を上っているときだった。

何かの気配を感じて伊純は思わず足を止めた。

陸橋の中央から、眼鏡をかけた男子生徒が伊純を見下ろしていた。

あの人、確か……

見覚えのあるその姿に伊純は目を凝らす。

それは、入学式のときに不思議なスピーチをしていた生徒会長の霧島玲乃だった。入学式早々に既視感を覚えて以来だ。

あのとき、なぜ彼のことを知っている気がしたのか、改めて考えてみても分からない。

友人や知人、部活の先輩と後輩に卒業生、親戚やご近所さん……地元での思い出せる限りの関係と照らし合わせてみてもまるで覚えがない。

けれど確かにどこかで会った気がしたのだ。

いや、〝会った〟などという薄い関わりではない。それは、小夏やあさひ、蒼、そして沙紀に感じた親近感にも似ていた。

でも、それならいったいどこで？

「僕の顔に何かついてるかな？」

そこで伊純は突然声をかけられ我に返った。

気づけば数歩先で、玲乃が不思議そうな顔でこっちを見ている。

「いっ、いえっ。すみませんっ！」

よく知っているという感覚はあくまで一方的なものだ。冷静に考えれば、つい先日高知からやってきた自分が、三年生である生徒会長と顔見知りのはずがない。ジロジロ見ていては失礼だろう。慌てて取り繕う。

しかし玲乃は続けて唐突な言葉をつぶやいた。

「最近、踊っているようだね」

その微笑みに伊純の頭の片隅がまた疼《うず》く。だが、それを思い出す前に湧いた疑問が口をついて出た。

「私が踊ってるって、何で知ってるんですか？」

「見ていたからね。ずっと」

「え？　み、見てた？」

「ちょうど生徒会室から見えるんだよ。グラウンド脇にある倉庫の裏が」

そう言われ、恥ずかしさが込み上げる。そこは陸上部の練習の際に、いつもダンスをしていた場所だった。

でも、どうしてだろう。沙紀のダンスならともかく、素人の自分のダンスなんて。

「そうだったんですか……。でもいつから？　どうして私のダンスなんか？」

「そうだね。君にとってはもうずいぶんと昔のことかもしれないし、つい最近のことかもしれない」

「どういう意味ですか？」

伊純の問いかけに、玲乃は「さあ？」と微笑む。

あまりにも掴みどころのない反応に伊純は首を捻った。

入学式のスピーチ中、彼が見つめてきたように感じた。

そして今、わざわざ学校外で新入生の自分に声をかけてきている。

彼は何が言いたいのだろう。生徒会長ではあるがちょっと変わった人なのだろうか。

会話が途切れる。公園で四人を待たせていることを伊純は思い出す。それに何だか居心地が悪くて、その場から離れたくなった。

「ええと……失礼します」

軽く会釈しながら足早に彼の横をすり抜けたときだった。

「神は賽子を振らない――」

玲乃の言葉に伊純は思わず足を止めた。

「あの……それって？」

振り返り、伊純は彼に低い声でつぶやく。

相手は上級生、しかも生徒会長だ。だが、思わせぶりな言動に苛立《いらだ》ちを抑えきれなかった。

「サイコロがどうのって……。難しいこと言われても、私、分かんないです」

「分からなければそれでもいいよ。君が理解せずとも僕はいいんだ。それも一つの結果だからね。けど、それが分かれば君はまた超えられるかもしれない」

「超えられる？」

「ダンスを始めたのはとてもいい。有望だ。楽しんでね」

そう言って玲乃はふたたび微笑むと、伊純に背を向けて去っていく。

ぼんやりと見送りながら、伊純は今日何度目かの疑問に首を傾げた。

12

玲乃と別れた伊純は急いで陸橋を渡り切る。

階段を降りる途中で一度チラッと振り返ってみたが、彼の姿はもう見当たらなかった。

一瞬消えたのかと錯覚して不気味に思ったが、足早に駅のほうへ歩いていっただけだろう。

目の前には代々木公園の森が迫っている。最近蒸し暑さが増しているが、公園はずいぶん涼しい。薄暗く静かなのでダンスにも集中できるはずだ。

駅から一番近い公園のメインゲートを走っていく。

ところがそこでふたたび声をかけられた。

「伊純！」

とっさに伊純は足を止めた。声のしたほうを探る。

すると公園入口の門の脇から一人の見慣れぬ少年が現れた。

歳のころも背丈も伊純と同じくらいで雰囲気も似ている。もし歳の近い兄か弟がいたらこんな感じかもしれない。

でもなぜ彼は自分の名前を知っているのだろう。伊純はまったく見覚えがなかった。玲乃といいこの少年といい、何なのだろう。

ただ忘れているだけかと思ったがさすがにそんなことはない。名前を忘れることはあっても、知り合いの顔を少しも覚えていないことなどありえない。

高知では見知らぬ人に声をかけられることはない。いやそもそも地元では知らない人を見かけること自体が少ない。これが東京か？　母からは『知らない人についていったらダメよ』と口を酸《す》っぱくして言われている。少年とはいえ同じだ。詐欺かもしれない。おかしな勧誘かもしれない。

伊純は警戒感を露《あら》わにして言った。

「呼んだの、あなた？」

訝《いぶか》るように尋ねると、少年はパッと笑顔になって「そうとも」と応えた。

「誰？　何で私の名前知ってるの？」

「お前のことなら何でも知ってるぞ」

「な、何でも？」

屈託のないその答えに、伊純の声が思わず上擦る。呼び方も妙に馴《な》れ馴《な》れしい。

「ああ。そうだな……たとえば東京に来る直前、おじいさんの跡を継いで漁師になるとか言ってみたり、東京に行きたくないって両親に反抗して卒業式をボイコットしようとしてみたり

——」

「ちょ、ちょぃ待ちぃっ！　何で知っちゅうが⁉」

伊純は慌てて少年に詰め寄ると、その肩を摑んで揺すった。

それは、家族などの近しい身内だけが知っている話なのだ。東京に来てから誰にも話したことはない。中学時代の恥ずべき過去である。

困惑する伊純と対照的に、摑みかかられた少年は嬉しそうに笑っていた。

「久しぶりだな、伊純。ああ、会いたかった！」

「あなた誰？　どこかで会ったことある？」

「ああ、俺たちは×の×で会った。俺は××××族の×××だよ！」

「な、何？　今、何て言ったの？」

捲《まく》し立てるように言った少年の言葉がほとんど聞き取れず、伊純は怖くなって思わず距離を取る。

それがショックだったのだろう。少年は肩を落とした。

「俺が分かんないのか？　クソッ、こっちの言葉じゃないから聞き取れないのか。まあ、格好も、昔会ったときとちょっと違うからな。それとも、もうあの影響がここまで及んでるのか……」

「あの……なんか、ごめん」

苛立たしげに頭を掻きむしる少年に伊純はオロオロと声をかける。

ここまで自分を知っているということはやはり昔の知り合いだろう。

ここ最近、昔のことをあまり思い出せなくなっているという自覚はある。

さっきまで警戒していたが、きっと自分が忘れているだけなのだ。

だとしたらこんなに失礼なこともない。

しかし少年は「いや、仕方ない」と首を力なく横に振った。

「ねえ、あなた……こっちの言葉じゃないって、もしかして外国の人？」

「外は外でも〝国〟じゃない。外の〝世界〟だ」

真顔で言う少年に伊純は思わず「は？」と胡乱《うろん》な声を上げてしまった。

外の、世界？

この子はいったい何を？

玲乃以上におかしな子なのだろうか？

ところが、戸惑う伊純の腕を少年がグッと掴んできた。

とっさのことに反応しきれず、伊純は逃げられなくなってしまった。

「な、何ながっ！　ちょっと、放して――」

「とりあえず、俺のことは『カズサ』とでも呼んでくれ。俺についてきてほしいんだ。詳しいことはそこで話すから」

「詳しくって、何？　友達と待ち合わせしてるんだけど」

強く摑まれた腕をどうやっても振り解《ほど》くことができない。

「ああ、それならちょうどいい。みんなに一緒に話そう」

「はあ？」

伊純が不審な声を上げる。

すると少年は真剣な顔で、そして切実な声で伊純に言った。

「頼む。もう一度力を貸してくれ‼」

＊

代々木公園の中、駅から十分ほどのところに野外ステージがある。

ダンスの練習に適しているので、これまでも何度か集まってきた場所だ。伊純たち五人は今日もここに集合することになっていた。

木立を抜けて伊純が広場に到着すると、すでに四人が揃っていた。

小夏、あさひ、蒼、沙紀。そして、その他に見知らぬ男女が四人。まるで彼女たちと対《つい》であるかのように、それぞれの傍らに立っている。

「みんな、遅れてごめん……」

伊純が戸惑いながら声をかけると、四人も同様に困惑した顔で振り返った。

「もしかして、みんなも？」

「そうなんです。ここに来る途中に呼び止められて……。ナギさん、というそうです」

最初に答えてくれたのはあさひだ。

近くに、育ちがよさそうな可愛らしい黒髪の少女が立っている。伊純と目が合うと、ナギという名の彼女は屈託のない笑顔で手を振ってきた。見た目だけでなくその所作も可憐《かれん》だ。

「練習前にパンケーキ食べてたら、急にあの子に相席されたんだよね。びっくりしたよぉ。レン君っていうんだって」

少女の可愛さに目を奪われていた伊純に、コソッと身を寄せてきたのは小夏だった。

密談するように声を潜めた彼女の背後には、整った顔立ちの温和そうな男子が立って笑みを浮かべている。何となくパンケーキのようなフワフワしたものが似合いそうな男子だった。

「そ、そっか。蒼と沙紀は？」

尋ねると、蒼が難解な問題でも前にしているような顔で「同じ」と言った。

「私はここに座ってみんなを待ってたら話しかけられたの。なぜか私のことを知ってたのよ、あの眼鏡の子。気持ち悪い。名前はシヅキ」

蒼の視線の先にはスラリとした背格好の眼鏡をかけた銀髪の女子がいた。同性からも憧れられそうな、少し近寄りがたい知的でクールな雰囲気がどこか蒼と似ている。

「ユニット組んでたときのファンがついてきたのかと思ったんだけど、なんか違ったみたい。あの子はルカ」

そう話した沙紀の背後には他の男女よりも少し幼い容姿の少年がいた。伊純に笑顔で手を振ってくれているがそれも遠慮がちだ。

伊純は改めて、ナギ、レン、シヅキ、ルカを順にまじまじと見た。

全員知らないはずだ。見覚えはない。

けれど伊純は眉を顰める。なぜか見知らぬその四人に対して、最初にカズサに感じたのと同じような懐かしさを覚えたからだ。いつもの軽い頭痛も疼いている。

「よし。みんな揃ってるな」

そこで、カズサが全員を見渡して口を開いた。

よく通る声だ。普段から彼は人のまとめ役なのかもしれない。

「伊純、小夏、あさひ、蒼、沙紀。それぞれ俺の仲間たちから言われたと思う。いきなりこんなことを言われても戸惑うと思うが、改めて、もう一度俺たちに力を貸してくれ。世界が大変なことになっている」

カズサは真剣そのものだ。おかしいわけでも冗談を言っている風でもない。

「大変なこと？」

伊純は思わず訊き返した。

突然の彼らの登場に戸惑いはある。しかし彼らは自分たちのことをよく知っている。最近記憶が曖昧で失敗も多いので、自分が忘れているだけかもしれないという不安もある。

そこで言われた〝大変なこと〟というフレーズ。それには伊純も心当たりがあった。

何かが狂ってきている。

このままではとんでもない事態が待っている。

そんな漠然とした不安を抱き続けていたのだ。

カズサの言葉はその不安が証明されてしまうようで怖かった。

普通なら初めて会う人の話なんて聞く耳を持たなかったことだろう。

でもとりあえず聞かなきゃいけない。

そんな気にさせられた。

自分たちに何ができるというのだ。

一介の女子高生である自分たちに。

「できるんだよ。お前たちなら」

カズサが口角を上げながら言った。

心を読まれたようで伊純は狼狽《うろた》える。

するとその直後、カズサたち五人が突然立ち上がって野外ステージ上で輪になった。

いきなりの展開に伊純たちは啞然とする。

するとカズサが言った。

「言葉で説明してもきっとお前たちは信じてくれないだろう。俺たちのことも、自分たちがどんな存在なのかも、何を成し遂げたのかも、頭では忘れてしまってるだろう。だからまずこれを見てくれ」

次の瞬間、どこからか聞き覚えのある曲が流れてきた。

小夏が慌ててポケットからスマホを取り出すと、操作もしていないのに勝手に曲がかかっている。それは、この一ヶ月みんなで練習してきたダンス曲だった。

いきなり曲がかかったのにも驚いたが、さらなる驚きはその先だった。

カズサが、伊純と同じスタート位置に立っている。ポーズも同じだ。そしてその他四人も同じだった。

イントロが終わり曲が始まる。

まず沙紀の躍動感溢れる独演をルカが完璧になぞる。そして続く四人のダンス。ルカを中心に二人ずつに分かれ、左右対称の動きを見せる。そして五人揃って並び、転調したメロディに合わせてステップを踏む。

その様子に伊純たち五人は呆然としていた。

つい最近、ようやくマスターした踊りが目の前で完璧にコピーされている。沙紀が考えてくれたかなり高度なダンスなのに。いや、コピーなどという生易しいものではない。完全に一致している。伊純の癖も、沙紀の迫力あるテクニックも、小夏の軽快なステップも、あさひの力強さも、蒼のしなやかさも、何もかもが生き写しだったのだ。

細かな個所《かしょ》にまで意識して練習してきたからこそ、その一致がよく分かる。だからこそ伊純たちは驚愕《きょうがく》した。

そしてようやく五分ほどの曲がエンディングを迎える。

最後の一音が鳴った瞬間、カズサたち五人の動きが中央でピタッと重なった。

13

ダンスが終わった瞬間、伊純たちの顔には感動を通り越した驚きが浮かんでいた。

沙紀がつけてくれた振り付けは観客を喜ばせる楽しいダンスだ。これだけ完璧に踊れば魅せられるのは間違いない。

しかしこれはオリジナルダンスである。伊純たち以外が知っているはずはない。無料動画アプリにアップロードしたこともない。ダンスのレベルの問題ではなく、知っていること自体がおかしい。しかもここまで完璧に、自分たちそっくりに踊れることに開いた口が塞がらなかった。

「どうして……」

伊純がつぶやくと、踊り終わったカズサたちがステージ上から伊純たちを見る。その顔は得意げだ。

「俺たちのダンスどうだ？　完璧だったろ？」

「うん、完璧。怖いくらい」

そう言ったのは沙紀だ。小夏もあさひも蒼も同じように驚いている。

「まずこの踊りを見せたかったのは、俺たちのことを分かってもらうために一番手っ取り早いと思ったからだ。完璧に踊れるのは当たり前なんだよ」

「どういうこと？」

蒼の問いにカズサがニヤリと笑って続けた。

「別にお前たちの練習を覗き見してたわけじゃない。そもそも俺たちがこのダンスを踊ったのは今が初めてだ」

「そんな！　無理無理、あり得ないよ！」

大人しい小夏が思わず叫ぶ。人一倍苦労して練習していたのだから当然の反応だった。

「それがあり得るんだよ。お前たちが経験したことは自動的に俺たちの経験になる。なんせ俺たちは別の世界から来たお前たちの〝同位体〟なんだから――」

唖然とする伊純たちを尻目に、その後カズサは「この宇宙は無数の世界で構成されている」と壮大な話を始めた。

伊純たちが〝現実〟として認識しているこの世界には、並行するように分岐した時間軸の異なる世界がいくつもいくつも存在している。

カズサたちは、そんな風に数多《あまた》存在する世界の一切の時間を司る〝時守《ときもり》の一族〟。彼ら一族の住む世界は、全ての並行世界に繋がる中継地点《ハブスポット》だという。

その、中継であり中枢でもある彼らの世界の危機は、そこと繋がっている全ての世界に反映されてしまう。

そんな彼らの世界に危機が訪れた。

こちらの世界では今年三月のことだという。中学校の卒業式の日に、当時中学三年生だった伊純たち五人は、カズサたちの世界へと呼び寄せられたらしい。訪れた危機から世界を救えるのが伊純たち五人だったからだ。

時間の流れが異なる世界での不思議な冒険を経て、結果、伊純たちは奇跡を起こした。

そうして、カズサたちの世界を、そこに連なる全ての世界を救い、こちらの世界に帰ってきた――

「……全然、覚えてない」

カズサが話に一区切りつけたところで、伊純は額に手を当てて唸《うな》るように言った。

「覚えてないっていうか、そもそも異世界だとか世界の危機だとか、非現実的すぎる」

険しい表情で口にした蒼に、伊純は「私もそう思う」と同意しながら興奮気味に補足する。

「でも、でも、この人たちのさっきのダンス、見たでしょ？　同位体？　私たちの分身でもいない限り、あんなダンス信じられない」

伊純がそう言うと、他の四人も呆然とうなずいた。

中でも蒼は、信じられない、信じたくない、というように頭を小さく振っている。人一倍頭に蓄えた科学的な知識がカズサの話に拒否反応を示すのだろう。

「今の人間の科学では説明のつかないことなど山ほどありますよ」

蒼の頭の中を読んだかのように、彼女の同位体を名乗るシヅキが言う。

そこで沙紀が訊いた。

「そもそも、あなたたちはどうやってその異世界とやらから来たの？」

「沙紀はもう分かってるはずだけど、君たちと僕たちにはそれぞれ強い繋がりがある。その繋がりを頼りにして、世界の境界を越えられる魂だけを送り込んだんだ。長い長い時間をかけて。僕らの世界で二十年、ずっとずーっと踊り続けて。そうして用意したこの肉体にね」

おどおどしながらも懸命に話したルカの説明に、尋ねた沙紀は目を見開いた。魂だけを送り込む。踊って肉体を用意する。さすがにいろいろと想定外の答えだったからだろう。

すると、みんなのやり取りで混乱したあさひが言った。

「その……私たちが世界を救ったというお話ですが、いったいどうやって救ったんでしょう？　私たちにそのようなすごい力があるんでしょうか？」

「あるんですよ、あさひさん。あなたたちには特別な力が。限界を超えて奇跡を起こす力が。それはあらゆる災厄を跳ね除《の》けて世界を変える強大な力です」

朗々と答えたナギに流れるような動きで手を握られてあさひが硬直する。突然の慣れないスキンシップに照れているようだ。

「ねえ、カズサ。私たちそんなにすごいことしたのに何で覚えてないの？」

自分たちの関わりも、成してきたことも、カズサたちは知っているのに、どうして自分たちの記憶にないのだろう。

疑問に思って尋ねた伊純に、カズサは表情を険しくしながらも説明してくれた。

「それは、そう仕向けた者がいるからだ」

「仕向けた者って？」

「俺たちはそいつを〝時の管理者〟と呼んでいる」

それは、全ての時間軸、並行世界を監視する者だという。

全ての世界の時間を司る一族であるカズサたちと似ているようで、しかし根本的に異なる存在。カズサたち時守の一族が全世界の安定維持を求めているのに対し、時の管理者は世界の秩序を破壊しようとしているらしい。

カズサがさらに続けた。

「春先の出来事を覚えてないのも仕方ない。ちなみにあれだけじゃないんだぜ。みんな昔のあらゆることを忘れかけてないか？　もう予兆が見えてるだろ」

「予兆？」

「最近、異変が多いはずだ。ニュースになってないか？　たとえば停電とか」

カズサに言われて伊純はハッとした。

昨日の交通事故を思い出したのだ。あれは信号機の停電によって起きた事故だった。

そして他の四人の頭にも同じ事故のことが過ったらしい。昨夜、寝る前にメールで、みんなに事故のことを報告していたからだ。伊純に窺うような視線が集まる。

だが異変は停電だけではない。

ストップウオッチやスマホの不調、電車の遅延、信号機故障、台風、星空の異変、行方不明者の増加、そして記憶の混乱……春先、伊純が東京に引っ越してきたあたりからずっとだ。

入学式ではこの四人の名前だけを覚えていた。時折起きていた頭痛もそのせいなのだろう。

そこから始まり巣食い続けてきた不安は、昨日、ついに涼香の事故で現実になってしまった。

そんな不安を募らせていたので、伊純は少しずつカズサの言うことを信じ始めていた。

完璧に理解できたとは言えない。

でも世界にとてつもない異変が起きているのはどうやら間違いなさそうだ。

平穏な日常の中で何となく不安に感じていた事柄が一点に向かって収束してゆく。まるで望ましくない結論へ吸い込まれていくように。

伊純たちがここ最近の不穏な出来事を列挙すると、カズサははっきりと言った。

「全部、世界が消えていってる影響だ。この世界は時の管理者に狙われている。消されようとしているんだよ」

カズサの言葉に、伊純は一瞬何と言われたのか認識できなかった。

この世界が、消される？

「消されるってどういうこと？　何それ。意味分かんないよ」

苦笑いを浮かべながら伊純は言った。戦争でも起きるか、隕石《いんせき》でも落ちてめちゃくちゃになるというのだろうか。

しかしカズサが言っているのはどうやらそんなことではないらしい。

彼は真剣な表情を変えずに「そのままの意味だ」と答えた。

「世界が消える。現在、未来の事象、全てが無に帰すんだ。恐らく過去も、なかったことになるだろうな」

「そ、そんな……だって、どうやって？」

「俺たちの世界を崩壊させようとした奴だ。はっきりと方法は分からないが、そういう力は持っていても不思議じゃない」

けれど伊純はその話を受け入れられず頭を振る。

「急にそんなことを言われても……。だいたいどうしてそんなことに？　もしかして、私たちが前に世界を救ったっていうことと関係あるの？」

「ない、とは言えない」

カズサたちの言っていることが真実だとして、数多ある世界の中でこの世界が消されようとしている理由は何だろう。そして、自分たちのせいではないだろうかと反射的に考えていた。自分たちが何か間違いを犯してしまったのだろうかと。

ところがその考えを読んだのか、カズサは言葉を続けた。

「お前たちが何かを負い目に感じる必要はないんだ。前に世界を救ってくれと頼んだのも俺たちだし、あのときお前たちが救ってくれなかったら、お前たちの世界だけじゃなく、俺たちの住む世界もとっくに崩壊していた。それに、この世界はそもそも……」

何やら言いかけてカズサは首を横に振った。

「とにかく、俺たちはお前たちを助けたい。お前たちの未来を守りたい。そのために俺たちはこの世界に来たんだ。だから俺たちを信じてくれないか？」

力強くうなずくカズサの言葉に伊純は四人と視線を交わす。

急に世界の危機だと言われても、自分たちにそれを救う力があると言われても、実感はまったくない。そんな壮大なスケールの話にも正直なところついてはいけていない。嘘や冗談にしたって規模が大きすぎる。

だって、自分たちはただの高校生だ。ただの高校生に、世界の存続をどうこうする力があるとは思えない。自分たちがどうこうできるとは思えない。けれど……

「私は信じようと思うんだけど」

伊純はそう四人に向けて言った。

カズサは言った。世界が消える。現在、未来の事象、全てが無に帰す。過去もなかったことになると。

「世界が消えるとか未来が消えるとか言われても、正直どういうことなのか分かんないし、実感だって湧かない。どうなるのか想像もできない。でも、昔のことを思い出せないのは確か。大切な人たちのことも、走っていた理由も分からなくなってる。それを阻止できるなら、思い出を取り戻せるなら、やるしかないかなって思うんだけど」

するとそこに「うん」と応える声が重なった。小夏、あさひ、蒼、沙紀——全員の声だ。

「私、伊純ちゃんに賛成」

「私もです」

「そうね。信じる信じないは置いておいて、自分に関する事柄を誰か他人に消されるっていうのは癪《しゃく》に障るし、もしこの人たちの話が嘘だったとしても、そういうイベントだったってことにすればいいいし」

「私は、みんなと一緒にコンテストで踊れるなら、それで構わない」

口々に言う四人に、伊純の強張っていた頰が緩む。

四人が同じ気持ちで安心したのだ。

それに、彼らの言葉が全て真実で、本当に自分たちが世界を救うことになるとして、自分一人きりでは心細いが、五人でなら何とかなるような気がした。晴れた屋上で五人揃って踊ったときと同じような気持ちだった。雨の中をたった独りで走り続けた昨日の事故のときとは違う。

「カズサ、どうかな？　こういう感じでよければ、私たちやるよ」

口にしてみてもやっぱり実感が湧かない。

けれど、先ほどと違って伊純は何だかやれるような気持ちになっていた。

「だから、どうしたらいいのか教えて」

すると、笑みを浮かべてうなずいたあと、カズサはおもむろに言った。

「ダンスだ」

瞬間、伊純はキョトンとする。

「ダンスの練習は頑張っていいの？」

「ああ。頑張ってくれ」

「でも世界の危機なんでしょ？　踊ってる場合じゃなくない？」

「いいや。むしろ世界を救うために必要なことなんだ。絶対にな。ダンス、舞踏、いや神楽《かぐら》といったらイメージが近いかな。今はとにかく時間がないけど、そのうちちゃんと説明するから」

カズサの言葉に伊純は首を傾げた。

いったいダンスの練習がどう必要になるというのだろう？

「それと併行して、この世界のどこかに紛れている時の管理者を見つけてほしい。俺たちも捜すが、とにかく奴を止めなければならないからな」

「そうは言っても、この世界って範囲広すぎるんだけど。見つかるものなの？　東京に、いや、日本にいるとも限らないんじゃない？」

伊純がそう疑問を口にすると、カズサが「見つかる」と断言した。

「奴はお前たちの近くにいるはずだ。お前たちは以前奇跡を起こした。そして奇跡はそう起こせるもんじゃない。だから時の管理者はお前たちを警戒しているんだよ」

伊純は思わず黙り込んだ。

自分が知らないうちにそんなことになっていたなんて。何だか薄気味悪かった。

「そんな大層な存在ならこの瞬間も見られてるんじゃない？」

蒼の疑問にシヅキが肩を竦《すく》めた。

「覗き見ているかもしれません。けれど、それでもやるしかないのです。状況が敵に有利だとしても、やらねば世界は消えてしまいますから」

「あのさ……これ、負け戦じゃないよね？」

「結果を決めるのはみなさんの頑張り次第です。ただ、私たちはむざむざ負けるためにこの世界へとやって来たわけではありません。あなたたちを救うために、救えると信じてやって来たのです」

そう言ってシヅキが蒼に微笑んだ。

美しいその笑顔に、伊純にはかすかな疲労感が滲んでいるように見えた。彼らは思いつきでこの世界にやって来たわけではないのだろう。その眼には真剣な光が宿っている。

伊純はカズサたちに向かって宣言した。

「分かった。とりあえず時の管理者とやらを捜してみるよ」

14

公園での大それた話し合いを終え、全員解散となっていた。

あまりに唐突なうえ理解の範疇《はんちゅう》を超える出来事に伊純の頭はまだボーッとしている。でもこれが現実なんだと、自分自身に言い聞かせた。

そもそもカズサたち〝同位体〟という存在そのものが驚きだ。頭では理解できたが心がついていかない。そこで二人で一緒に帰り、道すがらに話すことにしたのだ。どうやら他の四人も同じらしい。

話しながら、伊純は不思議な気持ちに陥っていた。

彼のことを知らないはずなのに、記憶にはないのに、知っているような感覚を覚える。彼はまるで鏡に映った自分のようだった。

「そういう感じで合ってるよ」

急にカズサに言われて伊純は狼狽えた。

何も言っていないのに、カズサに考えを読まれたかのような発言をされたからだ。先ほど集合場所へ向かうとき、そして彼らの話を聞いていたときにも同じようなことがあった。

「カズサはなんで私の考えてることが分かるの？」

「言っただろ。そういう関係なんだって。いきなり〝同位体〟って言われてびっくりしたかもしれないけど、この世界、そんなに珍しいことじゃないんだぜ」

言われて伊純は首を傾げた。彼らみたいな話を他に聞いたことはない。

「いや、知ってるはずだ」

またた。また心を読まれた。やりづらい。いや、これも読まれるか。

困惑する伊純に、カズサは笑みを浮かべながら説明してくれた。

「俺たちは並行世界のハブスポットから来たから、〝同位体〟といっても特殊な存在だ。パラレルワールドは枝分かれしてたくさんあるけど、もちろん根っこは一つだ。だから根っこに相当する俺と同じ存在は他にいない。

でも枝分かれした先の同位体はパラレルワールドの数だけいる。よく〝デジャブ《既視感》〟って言うだろ？　あれはパラレルワールドの同位体が経験したことを、何かのきっかけで感じることだ」

そう言われると伊純にも心当たりがあった。日常生活のふとした瞬間に何気ないことで感じることだ。身近な例えは理解しやすい。

「あとは〝ドッペルゲンガー〟とかな」

「え？　世界に三人いる自分の分身ってやつ？」

この間読んだ漫画にたまたま出てきた言葉だったので訊き返す。ファンタジーではおなじみの設定だ。自分そっくりの人に会うと死んでしまうという迷信まである。

しかしカズサの説明は違った。

「ああ。変な風に世界に広まってしまったけど、あれこそ同位体のことなんだよ。並行世界が捩《ねじ》れて移動してしまった結果、同位体同士が接触するんだ。本来会うことのない者同士が会うことは、世界の安定のうえで非常に危険だ。バグが起きた結果、一人が消えることもある。二人同時にいなくなることもある。時には町ごと消えることもある。歴史を振り返れば、実はそんな話はゴロゴロしてるんだぜ」

超常現象などに詳しくはないが、確かにそんな話はテレビやインターネット上で観たことがある。

カズサの説明は分かりやすかった。

正確に心を読んでくるカズサ。そしてあの見事なダンス。

彼らは同位体であり、パラレルワールドが存在する。それはもう、信じるしかない事実のようだ。

非現実的なカズサの存在が現実であるならば、彼が話すこともすべて真実だろう。

枝葉のひとつであるこの世界がある者によって消されようとしている。

救えるのは、以前も同じ役割を演じた伊純たち五人だけ――

公園で話した事柄がゆっくりとお腹のあたりに落ちていく気がした。

これは現実なんだ。やるしかないんだと。

「カズサ……私たち、できるのかな」

この世界が消滅の危機を迎えるとして、それを救う。

果たしてそんなことが自分たちにできるのだろうか。ただの高校生の自分たちに。そういうことはたくさんの大人たちが知識や力を合わせて、ようやくできることなのではないだろうか……。

「自分を信じ切ることができたら不可能なことなんてないんだぜ。世界は思ってるよりシンプルなんだから」

その言葉に、うつむきかけていた伊純は弾かれたようにカズサを見た。

カズサは笑みを浮かべている。彼の言葉と表情に、伊純の中に不思議と力が湧いてくるような気がした。自分を信じられる自信が。

「よしっ。私、やってみる！」

その後、自宅のそばまで来る間に伊純とカズサはいろいろなことをしゃべった。

とは言っても、伊純から質問することがほとんどだ。

「そういえば、カズサたちは元の世界との行き来って簡単にできたりするの？」

「いや、俺たちはしばらくこの世界に留《とど》まるつもりだ。自分たちの世界に帰るのは全部終わったあとだな」

「留まるってことは、どこか寝泊まりするところはあるの？」

カズサは「まあな」と一言。

寝食について伊純は心配したのだが、彼らは異世界から魂を空間転移させ、あまつさえ肉体まで用意してからやって来たくらいだ。拠点となる場所くらい簡単に用意できているのかもしれない。

そんな風に納得して、伊純は自宅マンションまで帰り着いたのだが、カズサは玄関の扉の前でも一緒だった。伊純の隣で、惚《とぼ》けた顔で立ち尽くしている。

「カズサ。私、家に入るけど……」

「おう」

「おうって、帰らないの？」

「帰るも何も――」

カズサが言った瞬間、背後から「あら」と声がした。

伊純が振り返るとそこにいたのは母だった。用事を済ませたあと買い物をして帰ってきたらしい。手には野菜のはみ出た買い物袋を持っている。

「あ、お母さん。あの、この子は――」

「カズサ君、待っちょったよー」

「ええっ⁉」

母の言葉に伊純は思わず声を上げた。

対照的に、カズサは「どうも」とにっこり笑っている。

「そんなとこにおらんで早う中に入りや」

「ありがとうございます。お邪魔しまっす」

母が扉を開けて促すとカズサは何の躊躇《ためら》いもなく部屋の中へ入っていく。

困惑しているのは伊純だけだった。

「ちょっと、カズサ。これ、どういうこと？」

伊純はカズサを客室へ連れていって尋ねた。

母は買ってきた食材をキッチンでしまっている。この会話を聞かれる心配はない。

「しばらくお前の家に寝泊まりさせてもらう。他の奴らも同じようにやってるはずだ」

「そうじゃなくて、お母さんと知り合いなの？」

「いいや。お互い初対面だ」

「そうは見えなかったけど……」

「俺はお前の親戚の子ってことになってる」

「お母さんに何か変なことしたわけじゃないよね」

「まさか。そんなことはしない」

カズサは迷いなく否定した。早くも寝泊まり用に使う布団をクローゼットの奥から引っ張り出している。

「俺たちが世界を空間転移《スライド》してやって来たとき、身体はこっちの世界用に用意したんだ。でも俺たちはこの世界にとっては異物だ。だから帳尻合わせが起きたらしい。仲間のところも恐らく似たようなことになってるはずだ。ドッペルゲンガーが消える現象に似てるかな」

カズサが言うには、世界は本来安定した存在で、恒常的に帳尻を合わせてその安定を維持しているのだという。

カズサたちはこの世界ではイレギュラーな存在だ。彼らがやって来たことで急に五人の人間が増えた。摂理に反したその事象を、この世界は強制的に摂理に当てはめたらしい。結果、カズサは伊純の親戚として存在していたということになり、母の記憶も書き換わったのだという。

「そ、それって、お母さん大丈夫なんだよね？」

「大丈夫だ。俺に関するちょっとした記憶が増えただけで、記憶が減ったり変質したりはしていない。帳尻合わせの影響も俺の周囲だけだし、俺たちがいなくなればその記憶は消去されて元に戻るはずだ」

なるほどと伊純は何となく納得する。自分がカズサのことを知っているような気がするのも、その帳尻合わせの結果なのかもしれない。

カズサは布団の上に座って笑顔で言った。

「しばらく世話になる。よろしくな」

ステップ4

15

パラレルワールドの同位体だというカズサたちから、〝世界を救う〟という御伽噺《おとぎばなし》のようなことを告げられた。五人はそれぞれの家で同位体と話を重ねた結果、誰もが彼らの話に納得している。やるしかないと。

そこで、彼らから当面の目標として課された〝ダンスの練習〟と〝時の管理者の捜索〟に集中することにした。

ただ、言われたとおりにダンスの練習はするつもりだが、一朝一夕に上達するものでもない。そのため、カズサたちが言う〝時の管理者〟を捜すのが先決な気がしていた。あさひ、小夏、蒼、沙紀の四人も同じ意見だった。

いまだに信じきれないが、伊純たちが世界の消滅を防ぐ可能性のある存在なら、〝時の管理者〟は必ず自分たちのそばにいる。そして伊純たちを観察しているらしい。

そこで、普段どおりの生活を心がけて、おかしな人々、事柄を見つけ出そうというわけだ。

「何か気づいたり、異変があったら教えてくれ。俺のことを強く念じればお前の居場所は分かるから」

週明けの登校時、伊純についてきたカズサは、校門前でそう言ってからいなくなった。


ところが、伊純の意気込みとは裏腹に、時間は普段どおり穏やかに過ぎていった。

今はもう六限目、世界史と日本史が混ざった〝歴史総合〟の授業中だ。先生が板書をしつつ教科書を読み上げている。一年生の初夏の授業だったが、ここ最近起きている世界の紛争を考えるためにと、いきなり第二次世界大戦について学んでいた。

この戦争の末期、日本へ二発の核爆弾が落とされたというのは、歴史にさして興味がない伊純でもよく知る話だ。

アインシュタインか……

伊純は手元を見つめる。

教科書には、舌を出してお道化《どけ》ている稀代《きたい》の天才科学者の写真が載っている。『現代物理学の父』『彼の特殊相対性理論が核兵器の開発に繋がる』などと紹介されていた。

「余談ですが、第三次世界大戦がもし起きれば、世界が消えると言われています」

何となく教科書を眺めていた伊純は、先生が発したその言葉にハッとした。

アインシュタインがまとめた特殊相対性理論は時間と空間に関するものだ。

カズサたち時守の一族も時間を司っているという話だった。この世界の時間と空間が剪定《せんてい》されかけていると。

以前、生徒会長の霧島玲乃は入学式で時間についての話をしていた。

そして先日、公園そばで出会ったときに彼が言っていた言葉。

『神は賽子を振らない――』

そのあと蒼が教えてくれた。生徒会長が投げかけたそれは、どうやらアインシュタインの言葉らしい。

『特殊相対性理論で知られるアインシュタインの言葉よ。量子力学の世界では観測される事象は確率によって依存されると言われていて、その曖昧さをアインシュタインが批判するために言ったとされてる。つまり、まだ人間が発見できずにいる隠れた変数が存在する、と彼は考えて――簡単に言うと、偶然なんて存在しない。すべては必然ってこと』

時間、時、時の管理者？

「必然……」

奇妙な符合を感じて、伊純は窓の外、生徒会室のある方角に目を向けた。

もしかして――

気になる点があれば明らかにしておいたほうがいい。

授業が終わると、伊純は急いで生徒会室にやってきた。

胸に巣食ったモヤモヤを早くすっきりさせておきたかったのだ。

「あのぅ、失礼します」

ノックのあとで緊張しながら扉を開く。生徒会室に入るのは初めてである。

中には数名の生徒がいた。だが、玲乃の姿は見当たらない。

タイミングが悪かったようだ。そう思ってすぐに扉を閉めようとすると、中にいた女子生徒に声をかけられた。

「生徒会に何か御用ですか?」

一寸の隙もなくピシッと制服を着た生真面目そうな眼鏡の彼女は、上級生のようである。リボンの色が一年生と違う。

「あ、ええと……霧島生徒会長はこちらにいらっしゃいますか?」

すると、女子生徒が怪訝《けげん》な顔をしながら言った。

「生徒会長なら私だけど」

「え!?」

思わず声が漏れる。

その反応に気分を害したらしく目の前の生徒が顔を歪めた。

「そんなに意外かしら？」

「い、いや、そうじゃないんです！　生徒会長は霧島玲乃さんではなかったかなと」

「きりしま、れの？　そんな名前、聞いたこともないけど」

「そんな……」

「ねえ、誰か知ってる？」

女子生徒が室内に向かって尋ねる。

居合わせた生徒会の面々は揃って首を横に振ったり傾げていた。

「誰も知らないみたい」

眉根を寄せた女子生徒を前に伊純は頭が真っ白になる。

生徒会長は別の人？　名前を聞いたことがない？　誰も彼を知らない？

「嘘……いや、冗談ですよね？　だって、入学式の歓迎の言葉もあの人が……」

「嘘でも冗談でもありません。申し訳ないけど、それ以上変なことを言うようなら入室禁止にするわよ」

「す、すみませんっ！」

伊純は慌てて頭を下げて、生徒会室をあとにした。

飛び出した勢いが徐々に落ち、いつしかトボトボとした歩みになる。やがて伊純は廊下の途中で足を止めた。

「どういうこと？」

つぶやきながら生徒会室を振り返る。

さっきの女子生徒たちが嘘を言っているようにも思えない。

ならいったい――


「そうだ。先生たちなら！」

ハッと気づいた伊純はその足で職員室へと向かった。

教師たちなら、本当の生徒会長が誰か教えてくれるはずだ。生徒会室にいた人たちを疑うわけではないが、混乱した頭を落ち着かせるためにはそれしかない。

すぐに職員室にたどり着き勢いよく扉を開ける。入口近くに座っていた担任の女性教師を捕まえて生徒会長・霧島玲乃について尋ねた。

だがその答えは伊純が予想したものではなかった。

「きりしまれの？　今年の生徒会長は間宮百合《まみやゆり》さんだけど」

「えっ!?　いや、待ってください。入学式に歓迎の言葉を言ってた生徒会長、霧島玲乃って名前ですよね？」

「いいえ、間宮さんよ。そもそもそんな名前の生徒……ちょっと待ってね」

言いながら、担任教師はデスクにあるパソコンを操作する。

少しして、彼女は「やっぱり」と画面を見てつぶやいた。

「生徒数が多いから先生も知らない名前の子がいるかと思ったんだけど、やっぱりいないわ。『霧島玲乃』っていう名前は在校生にも、卒業生名簿にも載ってない」

あまりの驚きに声も出ない。

「そう、ですか……」

やっとの思いでそう答えると、心配そうな担任教師を尻目に伊純は職員室をあとにした。

16

「どうして……誰も知らんの？」

職員室から離れた伊純は一人廊下を歩きながらつぶやいた。

霧島玲乃。神宮坂高校の生徒会長。

確かにいたはずなのだ。

歴史の授業中に浮かんだ疑問を晴らそうとしたら新たな疑問が浮かんでしまった。

ふとした予感が過ぎる。

同時に、元気な男の子の顔が浮かんだ。

『何か気づいたり、異変があったら教えてくれ――』

そうだ。これは間違いなく異変のはず。彼に訊いてみよう。

カズサは、強く念じれば自分の居場所が分かると言っていたが、本当にそんな都合のいい機能があるのだろうか。疑問に思いつつ心の中で念じる。

カズサ、話したいことがあるの――

半信半疑でそう頭の中でつぶやくと、伊純はスマホを取り出した。SNSのグループチャットを使って今の出来事をダンスの仲間に伝える。最後に『練習、ちょっと遅れるかも』と書き加えた。

これでよし。とりあえずカズサを捜そう。

そう思って昇降口で外履きに履き替えていると、不意に背後から声をかけられた。

「おーい、伊純！　呼んだか？」

その屈託のない笑顔を見て驚く。そこには捜そうと思っていたカズサがいた。「本当に伝わるんだ……」と思わずつぶやく。

「何かあったのか？」

当然とばかりに訊いてくるカズサに、生徒会室と職員室での出来事を説明した。

「絶対にいたはずなの。話だってしてた。なのに、まるで最初からいなかったみたいに」

すると、伊純の話の途中からカズサの表情が急変する。

笑顔が消えてどこか蒼白になっていた。

彼は伊純がひととおり話し終わると、低い声でつぶやいた。

「伊純。それは、もしかして――」


カズサと話しながら歩いていた伊純は、気がつくと校舎脇の道を進んでいた。

ダンス練習はこの先で行う予定だった。もう四人は先に待っているだろう。ついさっき送ったチャットを読んでくれていたら、生徒会長の謎についても話し合える。

ところが、カズサが急に立ち止まった。

やはり同じことを考えているのだろうか。

「カズサ、大丈夫?」

そう思って声をかけたときだった。

カズサの肩越しに校舎裏に抜けるトンネル状の通路が見える。

そこに、人が立っていることに伊純は気づいた。

カズサは先に気づいて足を止めたようだ。

スラッとした人影がこちらを向いている。

夕陽を背にしているため逆光で顔が陰になっていた。伊純は目を細めて見つめる。徐々に目が慣れてくる。

そうして人影の顔を認識した瞬間、伊純は息を呑んだ。

「霧島……玲乃……」

話題にしていた人物の登場に驚く。一昨日《おととい》、代々木公園の陸橋で出会って以来だ。

振り向いたカズサも同じように身体を硬くしていた。

生徒会室では、会長は霧島なんて人じゃないと言われた。職員室では、霧島なんて生徒は今も昔も在籍していないとのことだった。では、彼はいったい何者なのだ？

「あなたは、いったい――」

思わず口から漏れたその問いに、霧島玲乃はニコリと眼鏡の奥で微笑んだ。

「やあ、伊純ちゃん。それにカズサ君。こちらの世界へようこそ」

話しかけてきた玲乃の言葉にカズサが血相を変えた。

「お前っ、なんでそれを⁉」

玲乃は黙って微笑み二人を見つめる。

沈黙に堪えかねてカズサがふたたび叫んだ。

「お前が、時の管理者なんだな⁉」

それに対して玲乃は否定しなかった。

不思議がることも動揺することもなく、彼はただ静かに佇《たたず》んでいる。

その反応で伊純は確信した。

彼が捜していた時の管理者だ。

「霧島会長……あなたが時の管理者だとして、どうしてこの世界を消そうとするの？」

「そういう風に決めたからだよ」

伊純の問いに、玲乃は即座にそう応えた。

迷いの一つも見えないその潔い口調は、彼の考えが揺るぎないことを表しているようだ。

「この世界は剪定する枝のようなものなんだ。幹や他の枝を生かすためには、不要な枝は切り落とさなければならない」

彼の言葉に伊純は眉を顰める。

「この世界が不要だっていうの？」

「ねえ、伊純ちゃん。君は、この世界が誰かの意思で作られたものだと考えたことはない？」

質問に質問で返されて、伊純は言葉に詰まった。

この世界が作られたもの？　誰かの意思で？

「考えたこともないし分かんないよ。けど、私が生きている場所が現実やき」

伊純の答えに、玲乃は「そう」とうなずいた。

その表情には何の感情も見えない。世界を消そうというような野心や欲望、破滅を愉《たの》しむような喜びも、憎しみや怒り、悲しみのようなものも、まったく感じられない。

彼の反応は、まるで人ではないかのような純粋で透明なものだった。

戸惑う伊純に玲乃は柔らかく微笑む。

「僕はもうこの世界を消すと決めてしまった。けど君は僕じゃない。君たちにも決める権利がある」

「決める権利？」

「世界が消えるのをこのまま待つか。それとも止めるか」

「止める方法、あるの？」

「そうだね。詳しいことはその異世界の住人が知っているだろう」

そう言って、玲乃は視線でカズサを指した。

「世界の運命を決めるのは君たち自身だよ。このままなら僕はこの世界を剪定する。全体のためにはそれが最もシンプルな正解だ。でも違う答えがあるかもしれない。その可能性も僕は否定しない。君たちがそれを示してくれるなら決定を覆すこともある。さあ、どうする？」

問いかけに伊純が答えようとしたときだった。

「伊純！」

「伊純さん！」

ダンスの練習場所で待ち合わせていたあさひ、小夏、蒼、沙紀、それにそれぞれの同位体

――ナギ、レン、シヅキ、ルカが伊純とカズサのもとに走ってきた。

「おや、全員集合かな？　頼もしいね」

「あなたは生徒会長の――」

蒼がすかさず玲乃に気づく。

すると彼はみんなに向かって言った。

「君たちの力で見せてほしい。絶望の中でこそ輝く光を。次のステージで待ってるよ」

その言葉を最後に彼の身体が眩《まばゆ》い光に包まれる。

真っ白になった視界が徐々に元に戻ると、そこに彼の姿はなくなっていた。

17

全員の目の前で玲乃の姿は光の中に消え去った。

その光景に誰もが息を呑む。

学校の敷地内は普段どおりで、そこには何の異変も感じられない。学校中の人が知っているだろう人物のことを誰も覚えていなかったり、その人が目の前で消えたりしなければ、きっといつもどおり穏やかな学校風景だろう。

けれど伊純はいつもと異なることを知ってしまった。人が消える瞬間を目の当たりにした今、玲乃の言っていることを信じざるを得なかった。

荒唐無稽《こうとうむけい》だと思っていた〝世界の消滅〟を現実のものとして受け入れ始めていた。

「伊純、これはいったいどういうこと？」

蒼の質問に伊純は我に返って応える。

「見つけたの。時の管理者は霧島玲乃」

全員が伊純に注目する。

それを受けて、カズサが今しがた起きたことを説明した。

伊純が玲乃のことを知っているか確認すると、小夏も、あさひも、蒼も、沙紀も、全員がもちろんと答えた。自分の記憶があやふやなのではという不安を感じていた伊純は、彼女たちの答えにホッと胸を撫で下ろす。

そこで伊純は思い出した。

玲乃は言っていた。『詳しいことはその異世界の住人が知っているだろう』と。

彼の目的は何なのか？

そして自分たちに何を伝えようとしているのか？

目の前で起こっている不思議な出来事が整理できていない。

伊純は自らの同位体に向かって尋ねた。

「カズサ、どういうこと？　〝世界が消える〟って話は聞いたけど、もう少し詳しく教えてくれる？　玲乃はどうしてそんなことをしようとしてるの？　はぐらかされてさっぱり分からない」

「伊純は〝アカシックレコード〟って聞いたことあるか？」

カズサは唐突に聞き慣れぬ言葉を口にした。

伊純は目を瞬いた。記憶を掘り返してみたものの、聞いたこともない言葉である。

見回すと、蒼だけは理解しているのか、真剣な眼差《まなざ》しでカズサを見つめている。しかし何も言わない。とりあえずすべての説明を聞こうと静観しているようだ。

「アカ……何て？」

「アカシックレコード。こっちの世界だとオカルト用語のように扱われてるみたいだがな」

「オカルト……都市伝説とか、宇宙人とかの話？」

「ああ。そういう信憑性《しんぴょうせい》のない非現実的なものと思われてるみたいだな。でも俺たち一族の中では常識だ。アカシックレコードは現在・過去・未来の事象をすべて記した宇宙のデータベースだと言われている。そして俺たちは、そこに記されたデータを〝神の掟《おきて》〟と呼んでいる」

「掟……ルールってこと？」

「そうだ。神の掟は絶対的な世界の法則《ルール》だ。その法則が世界の一つひとつを形作っている。この世界もそう。神の掟はいわば、世界の形を定めた設計図のようなものなんだ。過去も、現在も、未来も――たとえばこの学校や、街、国、星、そこに住む命たち――すべてその設計図をなぞるように出来上がっている」

　カズサの言葉に伊純は周囲を見回した。

　雲に煙る空、少し湿った風、学校の敷地中から聞こえてくる声、人の気配。それらすべてが決められた法則のもとに、すでにある設計図のもとに成り立っている。そう考えても伊純には実感が湧かない。

「でも、この世界は今その神の掟から外れてしまっている状態なんだ。このままでは今いるこの世界が消滅してしまう。すでに予兆が見えてるってこの間も話しただろう。最近頻発している異変のことだ」

　カズサの言葉に一昨日の話を思い出す。

　停電、記憶の混濁《こんだく》など、異変は無数に起きてきている。

「だから、その法則をこの世界に下ろして、今起きている異変を正し、本来あるべき安定した状態に戻す。アカシックレコードにアクセスして、その掟をこの世界に下ろし同期《シンクロ》させなくちゃいけないんだ」

　カズサの顔がいつの間にか真っ赤になっている。

　興奮しているのだろうか。それとも恐怖か。

いやその両方だろう。

そうだ、と伊純は思い出す。玲乃もさっき同じようなことを言っていた。カズサの丁寧な説明で何となく理解できた気がする。

彼はさらに続けた。

「そこで必要なのがダンスなんだ。アカシックレコードにアクセスする唯一の方法だ」

あまりに意外な言葉に伊純たちは啞然とする。

消されようとしている世界を救うために必要な方法が、陸上で自分の限界を超えるために、そして仲間と楽しむことを教えてくれた、あのダンス?

確かにこの前、カズサたちはダンスをしろと言っていた。だけどそれは基礎体力とか、仲間の結束とか、目的のための〝準備〟だと思っていたのだ。

今まで真剣な話だったのに、カズサたちは急にふざけているのだろうか。

しかし彼らの様子を見る限りそんな風には見えない。

「お前ら、ダンスを単なる遊びと思ってるだろ?」

「そんなことないわ。少なくとも私にとっては」

カズサの言葉に、即座にそう返したのは沙紀だった。小さいころから全力でダンスに取り組んできた彼女にとって、ダンスをバカにされるのは我慢できないはずだ。

するとカズサはすかさず言った。

「ああ、分かってる。沙紀にとってダンスは遊びじゃない。でもダンスの成り立ちやもともと持っている力についてはどこまで知ってるかな？」

「もともと持ってる力？」

沙紀のつぶやきにカズサが大きくうなずく。そして説明を始めた。

「ダンスっていうのは、単なるスポーツや娯楽じゃない。芸術として演じるだけでなく、時にコミュニケーション方法にもなり得る文化の一形式だ。神々へ祈りを伝える、宗教的・呪術的な儀礼。言葉を不要とした歴史を伝承するための記録媒体。戦闘を行う前に心身を高揚させ、集中力を上げるための手段。ずーっと昔から続けられていて、人類の歴史の始まりにはすでにあったものなんだよ」

「えっ、そんなに昔から？」

伊純たちの驚きを尻目に、カズサはダンスの歴史、特に日本における歴史に絞って話してくれた。

この日本という国だけを見ても、歴史や文化として舞踊――ダンスの存在が認められることは珍しくないらしい。

たとえば、天照大神《あまてらすおおみかみ》が天《あま》の岩戸《いわと》に隠れた際に誘い出したという舞。

邪馬台国《やまたいこく》の女王・卑弥呼《ひみこ》のような巫女《みこ》が、神託《しんたく》を受ける際に行ったという神降ろしの儀式。

戦国武将の織田信長《おだのぶなが》が、本能寺《ほんのうじ》で死の間際に舞ったとされる幸若舞《こうわかまい》・敦盛《あつもり》。

神代《かみよ》の影響が薄れた現代においても、彼岸《ひがん》と此岸《しがん》、世界と人とを結びつける舞や踊りは、その意味合いは弱まれどもずっと消えずに残り続けている。

神社の神事において巫女が踊る神楽。

雨乞いや死者供養が起源の念仏踊りや盆踊り。

田植えの豊作を祈るとされる田楽《でんがく》。

邪気払いや祝祭の祭礼で行われる獅子舞《ししまい》。

高知のよさこいや徳島の阿波踊《あわおど》り。

地域とそこに住む者たちの生活に強く影響を与えるものもある。

そして、なぜ踊りがそれほどまでに根付いてきたのか、カズサはその理由も話してくれた。

「口で伝える言葉よりは先にあったって話だからな。太古と呼ばれるような言葉が発達していなかった時代、神々へ祈りを届ける呪術的な意味合いを持つものだったんだ。ああ、この日本っていう国では『神楽』と呼ばれているものが近いかもな」

「神楽って、神社でやってるやつだっけ？」

「そうだ。神楽は神社などの祭礼の際に行われる、神職や巫女が踊るものだ。平安っていう時代には今の形に完成したみたいだが、もともとは神降ろしの儀式なんだってな。人々の穢《けが》れを祓《はら》ったり、神と人とが交流する手段だったとか。読んで字のごとく『神に捧げる音楽と踊り』のことだよ」

「ぜ、全然知らなかった……」

異世界の住人であるカズサのほうが詳しいようで、伊純は思わず縮こまった。

「まあ、知らなくたって仕方ない。この世界を見た感じ、形式上の側面が強いみたいだからな。つまりダンス、いや踊りや舞踏、神楽は娯楽として発展したんじゃない。太古の人々は日々ダンスを踊り、神の意思を聞こうとしたんだよ。自然は自分たちに何をもたらそうとしているのか。豊穣《ほうじょう》の実りか、はたまた破滅的な災害か。

その神へのアクセスとしてもっとも有効とされたのが踊りなんだ。

身体を動かし、感情を、精神を、自己を表現する。一人で、二人で、あるいは集団で。

水の流れ、風の唸り、大地の鼓動。自然の世界の音をその身体で聴き、動きで表現すること。伝えること。繋げること。そして力を得ること。自然のリズムと完全にシンクロすることで宇宙と一体になる。そうして神の託宣を受けてきたんだよ」

カズサが一気に捲し立てる。

難しい話になってきたため、伊純は分かったような分からないような心持ちだった。

見渡すと、あさひも小夏も沙紀も似たような顔をしている。

唯一蒼だけが目を瞑《つぶ》ってうなずいている。彼女はおもむろに口を開いた。

「つまり、アカシックレコードにアクセスして、そこに記された神の掟をこの世界に下ろす……ってことは、パソコンやスマホでクラウドに保存してある正常なデータをダウンロードして、現在エラーが起きているデータに同期して修正する……みたいなものかな」

蒼のたとえ話に伊純は逆に分からなくなった。

「くらうど？　く、雲？」

「正式にはクラウド・コンピューティング。雲を意味する英語が名前の由来だから合ってはいるよ。雲のようにどこにあるかはっきりしないインターネット上にあるデータやソフトウェアを使える環境のことなんだけど。ごめん、余計なたとえだった」

混乱する伊純に蒼が申し訳なさそうに言った。

しかし、蒼の対であるらしいシヅキは「そのとおりです」と肯定している。カズサが伊純の思考を読めるのと同じように。彼女は蒼の思考を読み理解もできているようだ。

さすが蒼は理解が早い。しかしその蒼が腕を組んだままシヅキに言った。

「理屈は分かったわ。でもどうやって？　方法があまりにも漠然としてて何をどうすればいいか分からないわ」

「もちろん簡単じゃない。だが不可能ではないと思う」

カズサの曖昧な表現に伊純は眉を顰めた。

「俺も断言はできないんだ。ただ、一族の伝承では、『五人の巫女がその気持ちを一つに束ねしとき、アカシックレコードへの扉は開かれ接続できる』と言われている。そして、その接続の瞬間を俺は以前一度だけ見たことがある」

「その五人の巫女って、まさか私たちのこと？」

恐る恐る確認した伊純に、カズサが「そのまさかだ」と強くうなずいた。

「伊純、小夏、あさひ、蒼、沙紀——お前たち五人がその巫女なんだ。そしてお前たちにしかそのダンスは踊れない。俺たちの一族の誰でもない。この世界中でそのダンスを、互いの心をぴったり同調させる〝奇跡のダンス《シンクロニシティ》〟を踊れるのは、お前たち五人だけなんだ」

「奇跡のダンス……」

伊純は自然と己の胸に手を当てていた。

「もしかして、私たち前も世界を救ったって話だったけど……」

「そう。お前たちは奇跡のダンスを踊ったんだ。そうして神の掟を世界に下ろし、崩壊する世界を修正した。俺が一度だけ見たアカシックレコードとの接続の瞬間がそれだ。お前たちが繋いだんだ」

「全然、覚えてないんだけど」

「時の管理者レノはもう世界を消し始めてる。その影響だ」

「でも、ダンスって言ってもどんなもの？　振り付けも分からないんじゃ、さすがに踊れないと思うけど」

「それが決まった型やノウハウはないのです。ですが、みなさんは以前に一度踊っています。

思い出すことさえできればきっと踊れるはず」

「思い出すって言っても……」

「僕たちが教えるよ」

問答を重ねていた蒼とシヅキの会話に割って入ったのはルカだ。一見すると控えめな少年だが、今その目は力強く輝いていた。

「シヅキが言うように型やノウハウは教えられない。でもダンスについては教えられる……と思う」

「自信持って言ったらいいのに。ルカのダンスはすごいよ」

ルカの尻すぼみの発言に沙紀が鼓舞するように言った。

「ルカだけじゃない。時守の一族のみんなはすごくいいダンスをするって、一緒に踊ってみて分かった。世界とか、奇跡とか、難しいことは分からないけど、私はダンスが上手くなりたい。もっともっと上手く。だからルカたちに教わりたい」

沙紀のその言葉は、取り繕ったところのない純粋な欲求だった。

それを聞いて伊純は何だか肩の力が抜けた。

「うん。それでいいのかも。私も沙紀と同じ。ダンスを教えてほしい。そうしたら陸上のタイムも伸びるかもしれないし」

世界のために——それはとても崇高《すうこう》な目的かもしれない。けれど、自分のことに置き換えたほうがシンプルに考えられることに伊純は沙紀の言葉で気がついた。

「本番の舞台も目星はついてる」

そこでカズサがボソリとつぶやいた。

そうだ。奇跡のダンスはいつどこで踊ればいいのか。世界が消えかけている今、あまり時間は残されていないはずだ。

「いつ？」

カズサの意味深な発言を蒼が問う。

するとカズサはニヤッと笑って言った。

「レノは『次のステージで待ってる』と言っていた。伊純、お前たち、ダンスコンテストに出るんだったな？　コンテストはいつだ？　どこでやる？」

「夏の終わり。八月末日の池袋芸術劇場に設営される野外ステージ」

カズサが「なるほど、やっぱりそういうことか」と納得した。

「時の管理者が言っていたのはそのステージのことだろう。確証は持てないが、あいつはどういうわけかお前たちのことを試している節がある。お前たちは忘れているだろうが、以前もそうだったんだ」

カズサたちの世界に危機が訪れたとき、まだ未熟だった伊純たちの力を試すように、時の管理者はわざわざ戦いの舞台を用意したらしい。彼がどうしてそのような行為をしたのか、目的が何なのかは、結局カズサたちにも分からなかったという。

そんなカズサの話を聞いて伊純は状況を整理する。

ダンスで世界を救う……

考えているうちに前向きな気持ちが湧いてきた。

「じゃあ、一石二鳥だね！」

伊純の発言にカズサが目を丸くした。

「一石二鳥って……」

「だって、どのみちコンテストを目標にダンスの練習をするつもりだったわけだし。カズサたちが熱血指導してくれたら優勝だって狙えるかも！」

「……そうだな。世界を救うダンスなんだ。コンテストの優勝くらい、軽くしてもらわなきゃ困る」

「やるしかないみたいですね。私たちが」

あさひが腹をくくったように言った。

「うん。私たち五人が選ばれたなら、全力でやるしかないよね」

小夏があとに続く。

「理屈は分かった。あとはやるだけ」

蒼が冷静に被せる。

「やるならとことんやろう」

沙紀の言葉に、伊純は一際大きな声で言った。

「やろう。私たちで。カズサ、みんなも、力を貸して！」

伊純はそう言って同位体のみんなを見つめる。

全員の視線が自然と合わさってゆく。

静かに、そして力強く、十人はうなずいた。

18

この日から八月末のダンスコンテストに向けて、伊純たち五人の特訓生活が始まった。

コンテストに参加するために練習するのは以前と変わらないが、理由がまったく違う。とてつもない使命を背負ってしまった以上、とことんやるしかなかった。

正直勉強どころではない気もしたが、カズサたちから休憩だと思って学校には行ったほうがいいと言われた。加えて、カギを握る五人がこれまでどおりの生活をしたほうが、剪定のスピードを遅らせられるかもしれないという。

そこで、昼間は学校に行き、昼休みと放課後にみんなで集まることにした。

幸いもうすぐ夏休みだ。休みに入ったらさらに本格的に練習することができる。

それまでは基礎体力作りのためにランニングをしたり、柔軟性をつけるためにストレッチをしながら、コンテスト用の振り付けやフォーメーション、ステージ上での個々の立ち位置を考え、覚え、身につけ、その精度を上げていく日々となった。

時間は刻一刻と過ぎてゆく。

その間にも、世界中で不可思議な出来事は頻発していた。

特によく聞くのは大規模停電、そして人々の失踪だった。

科学的に説明できない出来事に、ニュースキャスターや専門家たちはただ首を傾げるばかりだ。

しかし伊純たちには分かる。世界の剪定がいよいよ進んでいる証拠だ、と。一日、また一日と過ぎるたびに、かすかに残っていた疑念も確信へと変わっていった。

もう間違いない。迷っていられない。やるしかない。

梅雨が終わり、季節は盛夏へと移り変わってゆく。

こうして瞬く間に一学期が終わり、特別な夏休みがスタートした。

「こっちは蟬《せみ》の声も遠いがね……」

駅まで続く道の途中、額に浮かんだ汗を拭きながら伊純はつぶやいた。

背負ったバックパックの位置を戻してふたたび駅を目指す。

本来であれば、家族で祖父の住む高知の実家におよそ半年ぶりに帰省する予定で、伊純もそれを楽しみにしていた。

しかし未だに続いている断続的な停電によって父の仕事が遅滞していること、飛行機の予約も取れなかったことから、帰省は当分延期ということになってしまった。

そして何よりコンテストがある。大勝負の瞬間は一ヶ月半後にまで迫ってきていた。

それまでの時間は、五人にとっては来たる八月末のコンテストを意識した最終調整の期間だ。

そこでこの日から五日間の強化合宿を行おうという話になったのである。

カズサたちも参加するのかと思ったが、彼らには他に済ませなければならない用事があるらしい。合流できるとしたらそれが終わったあとだと言って、カズサは伊純より少し早く家を出ていった。

自宅から電車を乗り継ぎやってきたのは、二十三区の西にある高幡《たかはた》不動《ふどう》駅だ。

改札を抜けた瞬間、聞きなれた声が響く。

「あっ、伊純さん！　こちらです！」

見れば、あさひが手を振って立っている。迎えにきてくれたのだろう。

合宿場所はあさひの家だった。

彼女の家は普通の家と少し異なる。父は柔道家、母は合気道家という家には道場があるのだ。あさひがダンスの練習をする際は、その道場で行っているのだという。

そこであさひが両親に相談したところ、二つ返事で道場の使用許可をくれたらしい。さらに寝食の面でサポートもしてくれるとのことだった。宿泊のための部屋も、道場の上に生徒の合宿用の広間があるという。

あさひには三人の兄がいるが、いずれも学生寮に住んでいて夏休みの間も部活に勤《いそ》しんでいるため、帰ってくることもないそうだ。

気兼ねなく、存分に練習に励むことができる合宿になりそうだった。

駅から出て、商店街を抜け、川沿いの土手の上を進むと、やがてあさひの家へとたどり着いた。

普通の家が三、四軒ほど建ち並びそうな広い敷地。その中にドンッと道場は鎮座している。柔道と合気道の練習があるのは決まった曜日で、この五日間は建物ごと貸し切りとのことだった。

すでに小夏と蒼は到着している。

日の高い昼間は涼しい畳張りの道場の中で素足で、日が落ちてきてからは靴を履いて外で、という練習予定を組んでいる。荷物を宿泊部屋に置くと、さっそくダンスの練習をすることにした。

伊純たちは沙紀を待つ間、小夏のスマホに入った楽曲データをあさひの家のスピーカーから流して、それに合わせて踊った。

今までの特訓の成果もあって、ダンス自体は四人とも見違えるほどに上手くなっていた。動きのキレは上がり、身体のしなやかさも増して、全体的に見栄えがするようになっている。

最初のころは、踊っているところを誰かに見られるたびに、みんな恥ずかしさを覚えて縮こまったものだ。それぞれ自宅で自主練を行っていても、家族に見られてバツが悪い思いをする瞬間があった。

しかし、今では誰かに見られることが前提になっている。見られても恥ずかしくないダンスをしようと心掛けてきた成果だった。

確かによく踊れている。自分たちでもその実感がある。

しかしだからこそ、何かが足りない気がした。

「みんな、遅れてごめん」

伊純たちが練習を始めて一時間ほどすると、沙紀が姿を現した。

すでに練習着に着替えている。すぐ練習に合流しようとするので、伊純は沙紀に声をかけた。

「沙紀、大丈夫？」

普段からあまり喜怒哀楽を出さない彼女の表情に、どこか違和感を覚えたからだ。

「ん、何でもないよ？　それより踊ろう。もっと練習しなくちゃ」

そう言って、沙紀は練習を急《せ》くようにウォーミングアップを済ませる。さっそく音に合わせて全員で踊ってみた。

伊純は改めて実感する。

私たち、みんな上手くなっちゅう。

けど、だからこそ、逆に目立ちゆう。

噛み合っていない。

それは、ここ数日カズサたちに指摘されていることでもあった。

意識して直そう、合わせようとすればするほど、ズレが増していってしまう。複数人で踊るユニットとして、それは致命的な問題だ。

原因は伊純にもよく分からない。コンテストへの焦りからかもしれないし、夏バテなのかもしれない。自分だけがズレている気もするが、先日カズサたちから「全員だ」と言われていた。きっと今日も同じなのだろう。

何度目かの曲の最中、伊純は四人の様子に意識を向けた。自分のダンスに集中しなければいけない。そう思いながらも気になってしまったのだ。

ところが、そんな風に伊純が目を向けた瞬間、隣で踊っていた沙紀の身体が傾いた。

「沙紀っ⁉」

伊純は慌てて沙紀に手を伸ばす。

膝から崩れ落ちた沙紀の腕を何とか摑んで転倒を防いだ。

「大丈夫？　どうしたの？」

「ごめん、伊純。何でもない」

「何でもないわけないでしょ！　具合悪いんじゃない？」

伊純が強く追及すると、沙紀はかすかにうなずいた。

蒼、あさひ、小夏も、心配そうに集まる。

伊純は沙紀の額に手をやり驚いた。焼けるように熱いではないか。

「ひどい熱！　それにこの腕、どうしたの？」

この暑さにもかかわらず、沙紀はなぜか長袖を着ていた。人一倍汗をかいていたので、倒れたときは熱中症なのではと思ったほどだ。そこで上着を脱がせると、その腕が赤黒く腫れていたのだ。どうやら長袖はこの腕を隠すためだったらしい。

「ちょっと、この間ぶつけちゃってね……」

本人は大丈夫というが、一目でかなり重傷なことが分かる。高熱もこの腕のせいかもしれない。

「あっ、あの、畳の上ですし、横になられては！」

「冷やすもの必要だよね⁉」

「飲み物、何か飲める？」

三人の言葉に沙紀が素直にうなずく。

こうして練習はいったん中止することになった。

「ごめんね。合宿初日に体調崩しちゃって。朝まで全然平気だったんだけど」

「そんなこと気にしないで。カズサたちもいないし、指導役の沙紀に負担がかかったんだよ。私たちを教えて、自分の練習までしてたんだもん」

伊純とあさひで沙紀を宿泊用の広間まで連れていく。小夏と蒼がすでに布団を敷いてくれていた。腕に湿布、おでこには熱冷却シートを貼ってとにかく冷やす。

「病院、本当に行かなくて平気？」

「大丈夫。休んでたら治ると思う。病院は行ったけど何ともないって」

「んー、沙紀がそう言うなら……じゃあ、とりあえずゆっくり休んでて。私たちだけでできる練習を頑張るから」

伊純がそう言う間に他の三人は道場に戻っていく。

「ありがとう」

伊純の言葉に沙紀はつぶやくように応じた。

蟬の声が静かな道場の中に響いている。

窓から涼しい風が吹き込んできて、伊純の汗をサラリと乾かした。

「伊純……」

沙紀が横たわったまま天井を見つめてつぶやいた。

「あのね、話しておきたいことがあるの」

「うん」

「私は……」

言いかけて、沙紀はそこで言葉を途切れさせた。

蟬の声が、降り積もるように二人の間に満ちてゆく。

どうしたのだろう。疑問に思いながら伊純が待っていると、彼女はゆっくりと目を閉じてため息のような呼吸を吐いた。

「沙紀？」

「……私は、大丈夫。体調も戻ってきたから」

そう言って、沙紀は目を瞑る。

ところがその後、熱はなかなか下がらず、沙紀は眠り続けた。

こうして合宿初日はリーダー不在のまま、四人の基礎練習だけで過ぎていった。

翌合宿二日目、沙紀はようやく起き上がった。なんとか熱は下がったが、腕の腫れはあまり引いていない。病院に行く気はないと本人が言い切るので、自らは踊らずに指導役に専念してもらう。

ところが、朝から夕方までみっちり四人で踊ってみたもののやはり噛み合わない。沙紀が一緒じゃないとこれほどバランスが崩れるのだろうか。噛み合わないどころか先日までできていたことまで間違う始末だった。


強化合宿三日目、伊純の寝起きは最悪な気分だった。

全員のダンスが合わない。そのことを眠りにつくまでずっと考えていたからだろう。

伊純は、寝ている間に嫌な夢を見た。

前に進もうと思うほど前に進まない。速く走ろうと思うほど速く走れない。みんなで合わせて踊ろうと思うほど、動きが、リズムが、心が、バラバラになってゆく。

そんな夢だった。寝ている間にかいたらしい汗がひどくて不快感に呻く。見れば、夜の間に停電があったのかエアコンが止まっていた。

伊純の他の四人もあまりいい夢見ではなかったようだ。

特に、ダンスに触れるまでスポーツと疎遠だった蒼と小夏は、熱帯夜にかなり体力を削られたらしい。宿泊の大部屋に用意されていた麦茶を起き抜けに飲んで、二人はしばらく布団の上に倒れていた。

朝食の際は全員がほぼ無言だった。

あまりに静かだったので、食事を用意してくれたあさひの両親から、全員揃って体調の心配をされたほどだった。「何でもないです」「元気ですよ」と全員で誤魔化すように食事を済ませて、そそくさと道場へと向かった。

この日、沙紀も体調がようやくよくなり一緒に踊れそうだという。

無理はさせたくないが時間もない。

「今日も頑張ろうね！」

重苦しい空気を吹き飛ばそうと、伊純は明るく声をかける。四人もこの空気と気分を変えねばと思っていたのだろう。「うん」と揃って応じる。

ところが、勢い込んで練習を始めたものの、やはりダンスは揃わない。合宿で初めての沙紀も一緒のダンスだったが、何かがおかしかった。

全員の口数が時間の経過とともにどんどん減っていく。それと反比例するように疲労や不安はどんどん蓄積していく。

伊純は踊りながらカズサたちを待っていた。

彼らが来てくれればこの沈んでいくような状況を変えてくれるかも。自分たちのダンスが噛み合うように打開策を与えてくれるかも。そう思ったのだ。それはもはや祈りに近かった。

「ナギさんたち、帰ってきませんね」

夕方の屋外練習が終わったあと、あさひが門のほうを見遣《みや》りながらつぶやいた。

彼女も伊純と同じように、時守たちに期待していたのだろう。そしてそれは、小夏、蒼、沙紀も同じだったようだ。

「レンたち、何をしに行ったのかな？　『僕らにはやらなきゃいけないことがあるんだ』って言ってたけど……」

「さあね。シヅキも『私たちのことは気にしないで練習に集中してくださいね』って言ってただけ。私たちに集中させたいなら理由くらい話してってくれたらいいのに」

「ルカも『君たちならできるよ』って言ってただけ」

全員、言いながら汗を拭う。

と、汗以外の水滴が伊純の服を濡らした。

風の強さに顔を上げれば、遠くの空で断続的に稲光が走っている。伊純たちの頭上も暗くなっている。瞬く間に、大粒の雨が足元の乾いた地面を打ち始めた。雨脚は一気に強くなる。

その異様な雰囲気に、五人の気分は沈むばかりだった。

19

翌日、伊純は午前中の練習を終えると表参道に来ていた。

直前のダンス練習でも思うような踊りができず落ち込んでしまう。

長引く不調に、みんなで相談して今日の午後は休みにしたのである。

そこで伊純は、この休みを利用してずっと気になっていた場所に行くことにしたのだ。

学校の最寄りでもある駅の改札を抜けて進む。十分ほど歩くと、学校の方角とは反対側、代々木公園の向こうに目指す建物が見えてきた。

木立に囲まれた広大な駐車場を回り込んでメインゲートの前へ。

そこは都内屈指の規模を誇る神宮坂高校が提携する総合病院だった。

生徒や教職員の健康診断、予防接種から、部活動での怪我、関係者の診察まで優先的に診てくれる。梅雨の最中《さなか》に涼香が交通事故に遭い、伊純が消防署まで走った挙句に搬送されたのがこの病院だった。事故現場から一番近かったのはもちろん、部活終わりの下校中に起きた事故なのだ。提携先の病院がすぐに対応してくれた。

涼香はここに搬送され治療を受けた。

外傷は左腕の複雑骨折と頭の軽い裂傷《れっしょう》だけだった。骨折といってもかなり重傷な部類で輸血もされたが、すぐに手術された結果、腕に支えとなる金属製のボルトを入れられたものの、あとは自然と接合するのを待つだけだという。幸いスプリンターの命である脚に異常はなかった。

ところがその後、涼香はなかなか退院できないという。

腕の治療は済み回復も順調だったらしい。事故直後はしっかりしていたし、お見舞いに来てほしくないと憎まれ口を叩けるほどだった。

しかし数日後、いよいよ退院が迫ってきたという矢先に突然彼女は意識を失ってしまった。

当初は軽い脳震盪《のうしんとう》の影響だと思われていた。すぐに回復するだろうと。

ところがなかなか意識が戻らなかった。病状を聞きにいった同多木の話だと、普通ならもう意識を取り戻しているはずらしい。ＣＴスキャンやＭＲＩ検査でも特に異常はなく、脳波測定でもおかしなところはなかったという。

それから一ヶ月、涼香はずっと意識が戻らないままらしい。基本面会も禁止だという。

カズサたちとの出会いやダンスの特訓で慌ただしく過ごしていた伊純は、昨日、篠田から電話を貰って初めて涼香の状態を知った。

不安が募ったところに、タイミングよく練習は休みに。会えなくてもいい。とにかく近くに、と伊純は病院にやってきたのだ。

入院棟の受付で来意を告げる。身分証の提示を求められたので学生証を見せると、提携の学校ということもあるのかすぐに信じてくれた。告げられたのは三階ナースセンターのすぐ横にあるという部屋だ。なぜか部屋番号を教えてくれなかったことで不安が増した。

不安を拭うためにはそのまま向かったほうが早い。

伊純はエレベーターを待つのももどかしく、脇にあった非常扉を開けて階段を駆け上がった。現役のスプリンターなのだからこれくらいの階段は苦でもない。ダンスを成功させて、いまだ信じがたい玲乃の計画を阻止すればまた陸上に戻れる。涼香もよくなって、きっとまた一緒に練習できる——

ところが三階にやってきた伊純は狼狽えた。

ナースセンターのすぐ横の部屋というのはここで間違いないだろう。

昼過ぎだというのにカーテンが引かれているせいかあたりは薄暗い。蛍光灯の青白い光がリノリウムの廊下を照らしていた。

その雰囲気になぜか寒気が走る。効きすぎたクーラーのせいばかりではない。やってきた部屋のドアには部屋番号ではないプレートが掲げられている。

『ＩＣＵ』

その三文字の意味は伊純も知っている。

以前、知り合いが入院したときにも入ったことがある部屋だった。

ナースセンターの横の部屋ということは〝何かあったらすぐ駆けつけられる〟ということだ。それほど症状はよくないということなのだろうか。

でも、さっき扉の前に立ったときに感じた寒気はそれだけだろうか。

いくら考えても答えは出ない。

伊純はナースセンターにことわりを入れると、容態は安定しているからと意外にも入室許可が下りた。大きな声を上げたり激しく身体を揺すったりしないように、と注意事項を伝えられる。

涼香の顔を見るのはあの事故のとき以来だから緊張する。あの日の帰り道、お互いのことを話し合い、少しだけ分かり合えた気がしたけど、彼女は部の期待の星で自分のことなど眼中にない。入院直後に会いたくないとも言われている。眠っているなら話すことはできないだろう。

それでもよかった。顔を見て、彼女のために祈りたかった。

看護師の説明にうなずいたあと、伊純は取っ手に手を掛けた。

滑るように横開きの扉が動く。

中に入ると廊下よりもさらに薄暗い。光が患者を刺激するからだろうか。壁には何やら分からない医療機器が並んでいる。その奥に大きなベッドがひとつ置かれていた。横には点滴のスタンドが立っている。

ところが、ベッドに近づいた瞬間伊純は目を疑った。

シーツの上には誰もいない。繋がっていたはずの点滴の針はベッドの横に垂れ下がり、口を覆っていただろう酸素マスクが枕の上に転がっていた。

心臓をギュッと握られたような息苦しさを覚える。

直後、伊純はＩＣＵを飛び出した。

「涼香がいない‼」

悲鳴にも近い声を上げてナースセンターに駆け込む。

待機していた若い看護師が青い顔をして立ち上がった。

部屋に飛び込みすぐ戻ってくる。

「本当です。いません！」

その言葉を聞いて、ベテラン看護師がナースセンターの中のモニターを見つめて言った。

「そんなはずないでしょ？　ついさっきまでバイタルデータ動いてたわよ」

モニターにはＩＣＵの患者の脈拍や血圧などがリアルタイムで表示されている。いつ容態が急変するか分からないので、ここから常時監視しているのだ。伊純が入室する直前まで、確かにそれは動いていたようだった。

「来客もなかった。部屋への出入りもない。そもそも彼女は意識が戻っていないはず――」

ベテラン看護師の言葉に若い看護師が続ける。

「窓の鍵も閉まってます」

「どうして……」
看護師たちの狼狽《ろうばい》に伊純の頭が真っ白になる。
しかし伊純はどこかで理解していた。
始まってしまったのだ。
私の身近にも。ついにここまで起こってしまった。
この一瞬で涼香は消えたのだ。
カズサたちの話はやはり本当だった。
もうあとには戻れない。
迫りくる恐怖に、伊純はしばらく動けなかった。

20

涼香の見舞いのあと病院は大騒ぎになった。

自宅に電話をかけても彼女はいない。警察が呼ばれて捜査される。第一発見者として伊純も事情を訊かれたが話せることは何もなかった。

バイタルデータの存在が警察を混乱させたことだろう。駆けつけた涼香の母親は悲嘆にくれていた。確かシングルマザーと言っていた。母一人子一人で暮らしていたらしい。自慢の一人娘が失踪したのだから、彼女の狼狽ぶりは目を覆いたくなるほどだった。

伊純は自宅に帰ることも考えたが、道場でみんなが待っている。

涼香の失踪が玲乃の計画と関係していることは間違いない。警察にこんなことを言っても意味がないと分かっていたから黙っていたが、伊純はそう確信していた。

なら、今自分ができることは一つしかない。

みんなとダンスを完成させることが、きっと涼香を見つけ出す最短距離だ。

警察の事情聴取を受けたあと、伊純はそのままあさひの家に戻った。

他の四人に簡単に事情を説明すると、みんな心底ショックを受けていた。

もう時間は待ってくれない。

こうして伊純たちは、合宿最終日の朝を迎えた。

朝食を済ませると伊純たちはすぐに道場に向かった。

まだコンテストまで一ヶ月あるが、見方を変えれば一ヶ月しかない。なんとかこの合宿中にカズサたちが納得できるダンスの手応えを摑んでおきたい。

しかしどこかモヤモヤする。涼香のこともあって、このまま練習しても上手くいくとは思えない。お互いの理解を深めなければいけない気がした。

「ねえ、みんな。踊る前にちょっと話し合わない？」

伊純の提案に全員が疑問を唱えることなく同意した。みな同じことを考えていたからだろう。

五人は道場の真ん中で円を作るように座り、言葉を交わすことにした。

ダンスの不調は全員感じていることだ。

けれど、どうすれば直るのか分からない。

「どうしてなんだろう。自分で言うのも何だけど、ダンス自体はけっこう上手くなってると思うんだけど」

伊純が唸るように言うと、沙紀が「みんなすごく上手くなってるよ」と肯定する。

そこであさひが手を挙げた。

「私、コンテストのこと、絶対に負けちゃいけない試合みたいだって思ってて」

「試合って、合気道とかの？」

尋ねた伊純にあさひが首肯《しゅこう》する。

「私、期待がかかった大勝負に限って弱いんです。ダンスが楽しかったのは、たぶんそういう勝負とは無縁だったからなんです。でも、負けたら世界が終わるって思ったら、大きな大会の決勝戦みたいに意識しちゃって、自信が……」

「それで言うと、私は終わっちゃうのが嫌なのかも？」

そうつぶやいたのは小夏だ。

みんなの視線に彼女は少し照れた様子で説明する。

「楽しい曲はずっと聴いていたい。楽しい演奏はずっとしていたい。同じようにみんなとの楽しいダンスの時間も。でもコンテストが終わったらまたバラバラになっちゃう。それが嫌なのかも」

「私は疑問だからかな」

そう発言したのは蒼だった。

難しい問題を前にしているような顔で、彼女は疑問についての詳細を話す。

「アカシックレコードっていうものに、現在・過去・未来のすべてがすでに決まった筋書きとして保存されてるなら、私たちの人生って何なのかなって。決められたルートを進まなきゃいけないってことなのかなって」

言われて、伊純は頭を辞書で殴られたような衝撃を受けた。蒼が言うようなことをまったく考えていなかったからだ。

しかし同時に、確かに彼女の言うとおりだと思った。

決められたルートがあるとしたら、この自分たちが頑張っていることも、頑張るように決まっていたということになる。人生の選択が、自分たちの意思だと思っていたものが、誰かの思惑だったとしたら……。あまり考えたくないことだ。

伊純は「私はたぶん怖いんだと思う」とつぶやいた。

「失敗したらどうしよう。世界が消えちゃったらどうしよう。ううん。それが自分のせいだったら。できなかったときそんな自分を認めたくないって思っちゃって。自分のことばっかりで嫌になるんだけど」

ともすれば、世界が消えること以上に、自分の失敗を上書きできないことを恐ろしいと思ってしまう。でもどうしてなのかは分からない。きっと負けず嫌いだったり見栄っ張りだったりする性格にも関係することなのだろうが。

「沙紀はどう？」

伊純が最後の一人に水を向ける。

すると、黙っていた沙紀が静かに話し出した。

「私も怖いんだと思う。ただ伊純の『怖い』とはちょっと違うみたい。あのね。この間伊純に言いかけて言えなかったことなんだけど――」

沙紀は言葉を途切れさせる。

そうして覚悟を決めるように、一つ息を吸っては深く吐き出した。

「昨日伊純が会いにいった佐伯さんて子――」

突然沙紀の口から出た名前に、伊純はもちろん他の三人も驚いた。

伊純の報告で昨日の失踪事件については知っている。しかし涼香は伊純の知り合いであって、他の誰もクラスは同じじゃない。沙紀もだ。

ところが、その沙紀が急に彼女の名前を口にする。

沙紀は同時に自分のシャツの腕をまくった。

それは合宿初日に気づいた彼女の怪我だった。若干腫れは引いているようだがまだ赤く痛々しい。熱も下がったが騙《だま》し騙《だま》し踊っている状態だ。

そんな沙紀が続けて言った。

「黙っててごめんね。実は一ヶ月くらい前に怪我したみたいなの。その瞬間を覚えてないからそのうち治ると思って黙ってた。みんなに心配かけたくなかったし。でもどんどん腫れはひどくなるし熱を持っちゃって。この間倒れたのは確かにこのせいだと思う。ただ、病院で診てもらったらどこも悪くないっていうの」

その言葉を聞いて伊純はハッとした。

時の管理者・玲乃も言っていた。『この世界が剪定されかけている』と。その過程の現象として停電などが起きている。行方不明者の増加、記憶の消滅など、世界中で不思議なことが起きている。

思い浮かんだことがあまりに突飛に思えたが、伊純は恐る恐る口にした。

「一ヶ月前から……それに怪我をした場所……それって、消えた涼香と同じ……」

「そんなっ!!」

他の三人の声が重なる。

全員の視線が沙紀に集まる。

沙紀が下を向いて黙っている。その沈黙が、伊純の突飛な想像が当たっていることを物語っていた。

「実は入学式のあとからおかしいと思ってたの。みんなは褒めてくれたけど、どうもダンスが上手くいかない。時々痺れたような頭痛がするし、極めつけは変な夢――」

「夢？」

伊純もおかしな夢を見続けているため、その単語に鋭く反応した。

「うん。夢の中で私は走ってた。陸上をしてた。成績も優秀で、中学時代は県大会で優勝してたみたい。でもそんなはずないの。私はずっとダンスだけをしてきたから陸上なんてしたことないの」

そこまで聞いて伊純以外の三人もピンと来たようだ。

誰よりも頭の回転が速い蒼が口にする。

「つまりそれって、沙紀と佐伯さんが……」

逡巡《しゅんじゅん》してその先の言葉を呑み込む。

そこで沙紀が意を決してつぶやいた。

「私と佐伯さんは同位体、なんだと思う。私はこの世界の人間じゃないのかもしれない」

告げられた沙紀の言葉に、その場が水を打ったように静まり返った。

言葉の意味を認識するまでに伊純はわずかばかり時間を要した。質問を口にすることができたのは、滲んだ汗が肌を伝った感触で我に返ることができたからだ。

「沙紀、それってカズサたちと同じ異世界の人ってこと？」

カズサたちと知り合っている以上、同位体の存在自体は受け入れている。でもずっと身近にいた二人が同位体だなんて……

「彼らとはちょっと違うと思う」

沙紀は言葉を選ぶようにポツリポツリと説明してくれた。

「私も最初はおかしいと思ったの。でもルカと出会って、さっき話したことが立て続けに起きて、少しずつそう思うしか説明ができなくなってきた。だってこの腕おかしいもんね。

この間、伊純から佐伯さんの話を聞いて驚いた。私がこの半年に見てきた夢とあまりにも重なるから。だから、決心して彼女の入院している病院に行ってきたの」

「行ってきた？　いつ？」

「四日前。合宿の初日」

そう言われて思い出す。確かに沙紀は一人集合時間に遅れてきた。そのあと倒れたのはそんなことがあったからだろうか。

「ずっと意識がなかったらしいけど、私が行ったら彼女は目覚めて話してくれた。そこでお互い確信したのよ。私たちは同位体だって。彼女も同じような不思議な出来事に悩んでたみたい。私の記憶を夢で見てたしね。でも症状は私のほうがずっと強かった。

みんな、前に私がダンスユニットに入ってたって言ったの覚えてる？」

それは春のことだ。

昔所属していたダンスユニットが有名になり活躍していると沙紀は言っていた。陸上で頑張ることができないでいたから尚更、伊純はすごいなあと思ったものだ。

しかし沙紀は口元を歪めてつぶやいた。

「そんなユニット、ここには存在しないの。私が元いた世界のことだったのよ。この世界でダンスをしていて今度のコンテストに誘ってくれたのは涼香の中学時代の友達。同じ学校の友達で仲がよかったみたい。涼香は運動神経がいいからずっとダンスに誘われてるんだって。全然似てないのに、なぜか私を涼香と勘違いして声をかけてきたらしいの。

つまり、この世界にもともといたのが涼香で、パラレルワールドから迷い込んだのが私ってこと。

ただルカたちとは違う。〝同位体〟って言葉を使うこと自体間違っているのかもしれない。ルカたちは世界のハブスポットから来たって言ってたでしょ？　つまりいくつも枝分かれするまえの根元の部分の住人がルカたち。対して私たちはその後の選択で分かれていった枝葉の住人。涼香とあなたたちが生きているこの世界に、他の枝にいた私が迷い込んじゃったみたいなの。

　その証拠に、私と涼香は、私とルカみたいに経験をすべて共有できるわけじゃない。夢の中や重大な出来事だけ無意識で繋がるんだと思う。この怪我みたいに。

　なんでそんなことになったのかは分からない。もしかしたら世界の剪定の影響で忘れているだけかもしれない。あなたたちのことを名前しか覚えてなかったように」

　あまりの告白に四人とも動けなくなる。

　だが、それは伊純たちにも覚えがある。その可能性は否定できなかった。

　この世界の理屈では説明できない出来事に、四人とも沙紀の言葉を受け入れざるを得なかった。

「こんなこと、あなたたちに心配かけるだけだから黙ってようと思ってた。でも昨日、伊純が佐伯さんに会いにいって彼女が消えた。たぶんそれは、私がこの間会いにいった影響なんだよね。ルカから聞いたの。ドッペルゲンガーの逸話のこと。パラレルワールドに迷い込んだ同位体同士が出会うと、空間の整合性を合わせるためにどちらかが消えるって話。どうして私じゃなくてもともといた佐伯さんが消えたのか分からないけど……あの子が消えたのは、私のせいなんだよ！」

　そう言って、沙紀はみんなの前に崩れ落ちた。

　道場の畳に手をつき嗚咽《おえつ》を漏らしている。

いつもはクールに見えるが沙紀は人一番責任感が強い。それが分かっているからいたたまれなくなった。人一人が自分のせいで消えたのかもしれない。そう思うとやりきれないだろう。

しかし伊純は沙紀の肩を摑んで言った。

「そんなことない。沙紀のせいじゃないよ。そう仕向けてるのは時の管理者・玲乃でしょ？沙紀は何も悪くない！」

あさひと小夏、そして蒼も駆け寄る。

「そうですよ！　沙紀さんが悪いわけないじゃないですか」

「沙紀ちゃんも玲乃の被害者だよ！」

「そんな状況なら誰だって会いにいきたくなるよね」

かけられる言葉に、沙紀は肩を揺らして泣き続けていた。

涼香の失踪がよほどショックだったのだろう。伊純が報告してからずっと耐えていたに違いない。そんな中で完璧なダンスを踊れるはずがなかった。

「涼香は必ず救い出す！」

そこで伊純は大きな声で断言した。

泣き崩れていた沙紀が顔を上げ、涙に濡れた目で伊純を見る。他の三人も伊純に注目した。

「彼女は私の大切なライバル、ううん、友達なの。彼女も私とは違う意味で陸上に苦しんでた。でも前向きに努力していた。もしかしたら親友になれるかもしれない。そんな子ともう会えないなんて嫌」

道場が静まり返る。

伊純は続けた。

「私に何ができるか分からない。正直、かなり混乱してる。でもカズサたちが言うように、私たちはダンスをすればいいんでしょ？　奇跡のダンスを。世界が元に戻れば涼香は必ず帰ってくる。選択のたびに新たなパラレルワールドが生まれるなら、奇跡のダンスが成功した瞬間、沙紀と涼香の二人が存在する世界が生まれるんじゃないかな？　私、沙紀ともずっとダンスを踊りたい。踊れなくなるなんて嫌だよ！」

叫んだ伊純の頬にもいつの間にか涙が流れていた。

みんなも同じように泣いている。クールな蒼まで歯を食いしばっていた。

「踊ろう！」

伊純は元気よく声を上げた。

「踊ろう！　みんなで最高のダンスをしよう。そして私たちのこの世界を守る。そして涼香を取り返そう！　それで沙紀の腕だって治っちゃうかも！」

そう言って、伊純は音楽を流した。

イントロが始まり徐々に盛り上がってゆく。

伊純に続いて蒼が言った。

「うん。伊純の言うとおりだよ。まずは最高のダンスを踊ろう。私はこの世界を救いたい。みんなと過ごしたこの世界を、最高のダンスを踊って救いたいの」

「そうですね」

「うん、迷っていても仕方ないよね」

みんなの言葉に沙紀が涙を拭い立ち上がる。

「……泣いてたって始まらない。このままならすべて終わっちゃうんだもんね。そんなの嫌。私はとにかく全力で踊る」

イントロが終わり主旋律が流れ始める。

全員がこのときを待っていたかのように動き出した。

何も解決したわけじゃない。

涼香は消えて沙紀の怪我も治らない。

世界の異変は強くなり、刻々と玲乃の計画どおりに進んでいるように見える。

しかしこの事態を打開できるのはこの五人だけ。

そしてその手段もカズサたちから教えられている。

ならやるべきことはひとつだった。

全員が躊躇いのないステップを踏み、迷いのないターンをする。ピタリと時を計り合わせたかのような、完璧に揃った動きで舞い踊る。

そんなダンスができるようになったのは、靄が晴れるように全員の意識が鮮明になったからなのか。あるいは全員の覚悟が決まったからなのか。

とにもかくにも、歯車が嚙み合わずに止まっていた伊純たちのダンスは、この瞬間ようやく一つとなり、確かな輝きを放ったのだった。


「よしっ！」

カズサがそうつぶやいたのは、伊純たちのダンスが形になった瞬間だった。

彼と一緒にいたナギ、レン、シヅキ、ルカも、わっと声を上げる。

同位体たちはいつの間にか道場の入口に集まり、伊純たちのダンスを観ていた。

「お前たちならできると思ってたよ。完成だ！」

カズサが言うと他の四人も大きくうなずいた。

「やったあ!!」

お墨付きを得て、ダンスを終えたばかりの五人が歓声を上げる。

伊純たち五人のダンスは今、奇跡を起こす形を得た。

だが、アカシックレコードへアクセスするためにはそれだけでは足りない。彼女たちのダンスの力を、他者との〝同調〟によって増幅する必要があった。

「同調が最も効果的に行えるのが、多くの他者——観客がいるコンテストの舞台だ。それが分かっているからこそ、レノはダンスコンテストで会おうと言ってきたんだろう。あとは本番で今のダンスを踊るだけだ」

カズサの言葉を聞き、伊純は涼香の顔を思い浮かべる。そして横で泣き笑いしている沙紀と重ねた。

涼香と沙紀が同位体。なら世界を正せば涼香は必ずここに戻ってくる。

待っちょってな、涼香。必ず助け出してやるきね！

ステップ5

21

誰かの声がする。

誰かが私の名前を叫んでいる。

私は声のするほうに向かって懸命に脚を動かしている。

しかし一向に追いつけない。

次の瞬間、伊純は自分が暗闇の中に浮いていることに気がついた。

上下左右が分からない無重力の空間はどこにも寄る辺《べ》がない。静かで命の気配のない場所に、独りきりで浮遊しているような心許《こころもと》なさだ。絶対的な孤独だった。

寂しい。誰かいないの？

すると不意に人の気配がして、伊純は顔を向けた。

目の前に人がいる。

その人物の顔を見て伊純は思わず声を上擦らせた。

『玲乃……？』

彼は静かに微笑んで伊純にそっと手を差し出す。

『僕の知っていること、君に教えてあげる』

おいでと促されて伊純は訝りながらも差し出された手を取った。

瞬間、無だったその暗闇の中に風が吹いた。

吹き飛ばされないように伊純はとっさに彼の手を強く握りしめる。

『ここは内緒の場所。あいつが世界を覗き見ている場所だよ』

強い風が止むと彼はそう言った。

〝あいつ〟って？

伊純は疑問に思ったが、自分の周囲に映し出されていたものに目を奪われた。視界をすべて覆うような無数のスクリーン。そこに監視カメラで見ているような映像が浮かんでいる。

『これは、何？』

『この宇宙に存在している世界の映像さ』

彼の言葉に首を傾げつつ伊純は映像を眺める。

伊純の知っている現実のような世界があると思えば、伊純の知らない概念が渦巻く世界もある。一見すると、間違い探しのようにその差異が分からない世界もいくつもあるようだ。

『パラレルワールドの全貌だよ。時間軸や別の可能性はこれだけたくさんあるんだ。そして君の世界は、今君がいる現在より過去の世界が消えていっている状態なんだ』

目を奪われていた映像の坩堝《るつぼ》から伊純は彼に視線を戻した。

それはカズサたちからも聞いた話だ。時の管理者はこの世界を剪定して消そうとしている。

しかしなぜそんなことをするのか。肝心な理由がまだはっきり分からなかった。それはカズサたちも同じであるらしい。時の管理者・玲乃はこの間もはぐらかしていた。『決めたから』で納得できるはずがない。

『そんな顔しないで。哀《かな》しむ必要ないじゃないか』

『え？』

玲乃の言葉に伊純は思わず声が漏れた。

『過去が消えるってことはもともとなかったことになることだ。記憶している今「なくなる」と言われたら哀しいかもしれない。でも、その記憶そのものがなくなるんだよ。哀しいと思う必要はない。そもそも哀しい記憶が消えるならそれこそいいことだらけじゃないか』

『でも……』

どこか腑に落ちない理屈に伊純は反論しようとする。

しかし彼の言っていることは理に適《かな》っている気がする。とっさに言い返すことができなかった。

『人は哀しい過去をいつまでも覚えている。そのせいで人生を思う存分楽しめないことがある。それこそ哀しいことじゃないか。だったらそんな過去はないほうがいい。

さらに突き詰めれば、そう記憶してしまう存在自体、初めからなければいいんだ。そうすれば世の中に存在するすべての哀しみはなくなる。そう思わないかい？　伊純ちゃん、君なら分かるだろう？』


そう言われた瞬間、頭の中に電気が走るような痺れを感じた。

物心ついてから、伊純にはたくさんの記憶が、思い出がある。忘れてしまったこともあるけれど、時々ふと記憶の奥から浮かんできて懐かしくなる思い出は多い。

お父さん、お母さん、高知のおじいちゃん。亡くなったおじいちゃん、おばあちゃん。人生の節々で顔を合わせてきた親戚の人たちや、学校の先生を始め、お世話になった人たち。同級生に部活の先輩後輩。そして大切な友達。たくさんの人に出会って、たくさんの感情を覚えた。喜び、怒り、哀しみ、楽しさ。それらが綯《な》い交ぜになった複雑な気持ちも知っている。そうやって今の自分がいるのだ。

しかしこの頭の痺れは彼らとの思い出じゃない。

伊純のこれまでの人生の中で拭おうにも拭えぬ苦しい記憶。

だからこそ見ないフリをしようとしてきた。前を向いて走るために目を背けてきた。

でも、背ければ背けるほどにその存在が大きくなる。意識の底に沈み込んで常に伊純を捉えて離さなくなる。結果、無意識で苛まれるようになっていたのだ。

この頭痛にも似た痺れは、記憶の奥底にしまい込んでいたもの、玲乃が消そうとしてくれたものが、まさに零《こぼ》れ落ちようとしているからこそ起こっているのだろう。忘れることに無意識で抵抗しているかのように。

皮肉なことに、そのことを認識した瞬間、伊純の脳裏に鮮明な映像が浮かんできた。

伊純が生まれるより少し前に隣の家で生まれた男の子。

歳が近いということもあり兄妹のようにして育った。

誕生日も、七五三も、あらゆるイベントを一緒に祝った。

小学校には手を繋いで歩いていったし、毎年夏のよさこいまつりは二人で踊った。お互いの家に寝泊まりすることもあったし、家族みんなで旅行にも行った。

勉強ができて、伊純は学校で唯一かけっこで敵《かな》わなかった。

お互い両親が忙しかったから伊純の祖父が二人の子守り役だった。カツオ漁の達人の祖父は自然の怖さと恩恵を教えてくれた。

その教えを受け継いで誰からも愛される少年だった。

『聡士《さとし》くん――』

思わずその名前が口から漏れたがその後が思い出せない。

小学校高学年のころからのことを思い出そうとすると頭痛が酷《ひど》くなる。頭の中に嵐が吹き荒れて耳鳴りが聞こえてくる。

次に思い出せるのは中学の陸上部。なぜだか速く走りたくて必死にもがいている記憶だった。


するとそこで、ふたたび玲乃が現れて迫ってきた。

『過去と未来、君ならどっちを選ぶ？』

しかし問われても伊純は答えられない。

これが陸上の話なら迷わず前に進むことを選ぶだろう。

歩いたそばから崩れる橋なら後ろなど振り返らずに走るだろう。

でも人生はそう簡単に切り捨てられるものばかりではない。自分が自分でいるために、未来に向かって生きるために、過去を切り捨てるという選択が伊純にはできなかった。だって今の自分は過去の上に成り立っているのだから。

『どっちかだけを選ぶなんて無理。過去も未来も今の私には大事やき』

『そっか。君ならそう言うと思っていた』

『バカにしてる？』

『ううん、そうじゃないよ。自分が望む世界を守るためには、自分の心に嘘をつかず頑張ることが大事だと僕も思うから』

『自分の心に、嘘をつかず……』

伊純は思わず彼の言葉を繰り返した。

とても大事なことを言われたように感じたからだ。胸のあたりにストンと落ちるような不思議な言葉だった。

『君が知らなきゃいけないことを教えてあげる。この世界のタイムリミットは八月三十一日だよ。その日が終わると同時に君の世界は消えてしまう』

『それ、ダンスコンテストの日だ』

不意に零した伊純に彼は『そう』とうなずいた。

『だから、君たちはそのコンテストのステージで〝奇跡〟を起こさなきゃいけない。あいつは奇跡を見たがってるからね。その日までは待つつもりでいるんだ』

『ねえ、待って。さっきも〝あいつ〟って言ってたけど、それって時の管理者のことよね？でも玲乃、あなたが時の管理者なんでしょう？』

伊純は彼に尋ねた。先ほどから妙な引っかかりを覚えていたからだ。

『もしかしてあなたは時の管理者じゃないの？　それとも玲乃じゃない？』

尋ねる伊純に彼は微笑む。

どこか既視感を覚えるその表情に伊純は見惚れる。いったいどうしてこんな気持ちになるのだろう？　懐かしくて寂しい気持ちに。

しかし彼は伊純の問いには答えない。

代わりに一言だけつぶやいた。

『ここまで走ってくれてありがとう。でももう苦しまなくていい。いずれを選ぶにしろ、答えはもうすぐそこにある――』

彼は最後にそう言うと空気に溶けるように消えてしまった。

待って。行かないで。

まだ答えを聞いてない。

あなたが何者かを聞いていない。


「待って、まだ――」

「待たないから」

聞こえてきた声に伊純は慌てて目を開けた。

ぼんやりと霞《かす》む目で周りを見ると傍らに誰かが立っている。

「蒼……？」

「起こしても起こしても全っ然起きないし」

「ごめん。起こしてくれてたの気づかなかった」

蒼が「でしょうね」と肩を竦めた。

「他のみんなには先に朝食に行ってもらった。ほら、私たちも行くよ」

蒼に急かされて身支度を整えると、一緒に他の三人がいる朝食の席へ向かう。ちょうど食事の準備が済んだところで、今から食べ始めようというタイミングだった。あさひの両親はおらず五人だけの朝食だ。

ようやく伊純の頭も起きてくる。

そうだ。今日はもうコンテスト当日。直前合宿と称して昨日からあさひの道場に来ていたのだ。一晩一緒に眠り、今日みんなで会場入りする予定なのである。

ところが、そんな大切な日の朝におかしな夢を見てしまった。これまで繰り返し見てきた夢と同じなのは分かる。しかし今日のはやけに具体的で、長かった。

暗示的というか、もはや示唆《しさ》的な夢だった。あれは、もしかして――

「伊純、さっき何の夢を見てたの？」

その問いに、伊純は箸を伸ばした先で出汁巻き卵を摑み損ねた。

尋ねてきたのは蒼だ。焼き魚の骨を綺麗に外している。

「な、何で、夢を見てたの知ってるの？」

「寝言がすごかった」

「えっ？　私、変なこと言ってた？」

「変と言えば変、だったかな。どうも私と似たような夢を見てたんじゃないかと思って」

「蒼と？　どんな？」

「あなたのほうから教えてくれない？　違ったら言わないから」

成り行き上、仕方ない。伊純は夢の内容を掻《か》い摘《つ》まんで説明した。

「あ！　そういう夢なら私も見たよ！」

声を上げたのは小夏だった。

彼女はご飯を食べようとするポーズのまま驚きに目を見開いている。

「あの、それ、私もです」

「すごく似てる……」

あさひと沙紀が困惑したように続ける。

蒼が肩を竦めた。

「気持ち悪いけど、私も同じ」

「なんで、みんな？　全員って、まさか玲乃が夢の中に入り込んできた？」

伊純は眉間に皺を寄せて考える。

すると、小夏が「生徒会長じゃなかったよ？」とつぶやいた。

「私が夢の中で会ったのは花だった」

小夏の返事に伊純は目を瞬く。想定外の答えだった。

「は、花？　植物の？」

「うん。たぶん私がこれまで育ててきた花だったと思う。それがしゃべってね。私のピアノ、ベランダで聴いててくれたとか教えてくれて……変な夢だよね」

「変って言うなら私のほうが……」

あさひがテーブルに身を乗り出す。

尋ねると、彼女は少し恥ずかしそうにうつむきながら答えた。

「私のは、昔大好きだったアニメの主人公。魔法少女に変身して肉弾戦で戦う女の子でした」

「アニメの主人公？」

「はい！　すっごく強くて可愛かったんです！　私、あんな風になりたくて……。夢だけど話せて嬉しかったです」

「私は祖父だった」

続けて口を開いたのは蒼だ。

「『勉強は未来への投資だぞ』って会うたびに言ってくるの。私の思考の基礎を作った人。子どもである父よりも孫の私のほうが似てるってよく言われる。だから期待してくれてるみたいなんだけど、重いったらないわ」

嫌そうな口振りだが、蒼の横顔はどこか誇らしげだ。

「私はみんなとは違うな。もっとはっきりしてる。あれは間違いなく涼香だった」

最後に発言したのは沙紀だった。その名前にドキッとする。

夢について擦り合わせをした五人は全員考え込むように黙った。

見た夢の内容はほぼ一緒。けれど、出てきた人が違うのはどういうわけなのだろう？　小夏に至っては人でもないし、あさひは架空の人物。蒼は存命の祖父だが、沙紀は行方不明の同級生。そして伊純は――

あれは誰やったが？

最初は玲乃だと思った。

けれど、話しているうちに別の誰かなのではという疑念が過った。結局、彼は答えてくれなかったが、四人の話を聞いているうちに、自分にとって大切な人だったのではと考えるようになった。

だが、それならいったい誰だというのか。

ただ、唯一はっきりしていることがある。

玲乃やカズサたちが言うようにこの世界が剪定されようとしている。他の世界にいる同位体がそれを見ている。そして自分たちの夢を通して語り掛けてきているのではないか。

夢について結論は出なかったが、ダンスに全力を出し切ることに変わりはない。運命の舞台はもう目前に迫っていた。

22

あさひの家の道場を出た五人はコンテスト会場がある池袋に向かった。

八月末日、東京都の池袋駅西口にある芸術劇場前は、日の高いうちからたくさんの人で賑わっていた。ここで二日前から都を挙げての芸術祭が行われているためだ。伊純たちが参加するのは芸術祭三日目。最終日となる本日である。

カズサたちは観客から離れたところで見ていると言っていた。群衆に巻き込まれたら身動きが取れないし、何より玲乃が現れても気づかない。遠くから観察して不測の事態に備えるという。

少し不安だがその意見はもっともに思えた。

玲乃は何を仕掛けてくるか分からない。

午前中に会場入りした五人はウォーミングアップしたあと、ダンス用の衣装に着替えることにした。

この日のために特別に五人お揃いのものを用意していたのである。

ベースは市販のものだが、それに可愛い物好きの小夏とあさひがみんなの希望も取り入れてアレンジを加えた。

伊純はとにかく動きやすければいい。蒼は子どもっぽくしないでとリクエストしていた。沙紀はステップのキレをアピールできるように足首は出したいという。

そうして出来上がってきたのがちょうど一週間前。

ショート丈のグレーのパーカーに下は七分丈のクロップドパンツ。足元もパーカーと同色のスニーカーで揃えた。胸元のチーム名の刺繍《ししゅう》が可愛い。

見た瞬間全員が歓声を上げたが、最後の一押しを提案したのは沙紀だった。

『全員一緒のユニフォームはダンスのシンクロを助けてくれる。でも五人全員がコピーである必要はない。みんなそれぞれ個性がある。長所も、短所も。それを補い合って、調和させて、弾けさせるから、みんなで踊る意味があるんじゃないかな』

その言葉にみんな笑顔でうなずいた。

涼香のことが全員の頭に浮かぶ。彼女と沙紀は同位体。だからこそ個性を大切にしたいのかもしれない。

そこでそれぞれの衣装を家に持ち帰り、パンツの脇に自分の好きなものを刺繍してこようと約束した。

何をデザインするかは自由だ。当日までお互い内緒にしようと決める。

そしてこの日、初めて披露したのだ。

伊純は迷わず陸上スパイクを刺繍した。速く走れるように。過去を思い出し今の自分を超えられるように。一歩を踏み出すために。

小夏はやはりピアノにちなんだものだ。丁寧に施された音符が躍っている。

あさひは合気道にまつわるものかと思いきやウサギだった。訊くと『小さいころに貰ったぬいぐるみで私の守り神なんです』と笑っていた。

蒼は万年筆のペン先がデザインしてある。いつも『知識は未来を拓《ひら》いてくれる』と言っている蒼らしい。

そしてダンスのリーダーである沙紀は〝羽〟だった。確かに彼女が踊っているとき背中に羽が生えたように見える。それでも彼女は満足せずさらに高みに昇ろうと頑張っている。伊純のスパイクと同じで〝決意〟の象徴なのだ。

更衣室で着替え終わって集まった瞬間、みんなあまりにぴったりなモチーフで笑ってしまった。刺繍の反対側にはイメージカラーのリボンを縫い込んでいる。

伊純は赤、小夏は黄色、あさひは緑、蒼は青、そして沙紀が紫だ。

ダンスしやすいように、小夏はいつものツインテールではなくサイドで四つに束ねている。

蒼は長い髪をおだんごに。大きめのヘアバンドでかっちり留めているところが真面目な彼女らしい。そして沙紀はキャップを被っていた。

「みんなすっごく似合ってる！」

「伊純さんこそ」

「ちょっと恥ずかしいけど上出来だね」

それぞれ照れながら感想を伝え合う。

これで本当のチームになった。

いろんな個性が溶けあって一つになったチームに。


こうしてダンスの予選が始まった。

これは無観客で審査員に披露し、芸術祭のクライマックスを飾るダンスコンテスト決勝の五チームを決めるためである。

観客がいないこともありそれほど緊張することもない。練習どおりのダンスを終えて、五人は無事決勝進出を決めた。

決勝は夕方十七時から野外ステージで行われる。

夏の日は長いが時間は刻々と過ぎていく。

決勝戦は目前まで迫っていた。

「沙紀ちゃん、持ってるねぇ」

芸術劇場内に解放された控室で、着替えを終えた小夏がため息交じりに言った。

予選終了後に行ったくじ引きで、伊純たち五人はまさかの本コンテストのトリ、最後の一組に決まったのである。

「ごめんね、小夏……」

くじ引きを引いた沙紀が申し訳なさそうに謝罪する。小夏が「ううん」と苦笑した。

「私こそごめんね。ピアノのコンクールもそうなんだけど、緊張しちゃって」

小夏の傍らであさひが「私もです」と同意した。

「会場の熱気とか張り詰めた空気が、合気や柔道の大会決勝戦の直前みたいで……あ、あの、蒼さん？」

「大丈夫。みんなジャガイモだから」

ベンチに腰掛けた蒼が試験の暗記問題でも確認しているかのように繰り返す。

全員、緊張しているようだ。約一名を除いて。

「みんな、人がすっごいたくさん来てるよ！」

会場を一周してきた伊純は場違いに元気な声で帰ってきた。

その瞬間、控室にいた他のチームの人たちから睨まれる。すみませんと謝りながら伊純は四人に合流した。

「伊純、テンション高くない？」

怪訝そうな顔で尋ねてきた蒼に、伊純は笑顔でうなずいた。

「実は、高知からおじいちゃんと、友達が観に来てくれてるみたいで」

「えーっ、よかったね！　会えた？」

小夏の言葉に伊純は首を横に振った。

「人が多いからかな、スマホの電話が繋がらなくて。メッセージも送れなくてさ。会えなかった」

「ああ、それは残念……」

「でも、きっとステージは観てくれるはず」

高知の実家に残った伊純の祖父も、祭り好きの血が騒ぐらしく急に上京すると言い出したらしい。電話を受けた父が「親父、こっち来るって」と、祖父の行動力に舌を巻いて連絡してくれたのが今朝のことだ。今ごろは父と母を船頭に、人の波を掻き分けて会場の人混みを回遊していることだろう。

中学時代の友達も来てくれているらしい。母からそう聞いて嬉しかったが、なぜか名前が出てこない。とっても仲がよかったはずなのに顔もぼんやりしている。

おそらく玲乃のせいだろう。過去の記憶が消えかけているのだ。

一見賑やかな雰囲気だが伊純たちにとってはお祭りではない。

そこに、突然よく知る顔が現れた。

「先生！　先輩も!!」

陸上部の顧問・同多木と三年生マネージャーの篠田である。

ダンスの練習のために陸上部を休むと伝えてからずっと会っていなかった。しかもその後、とんでもない使命を背負うことになった。ダンス特訓に没頭するあまり忘れていた。

しかし強面の顧問と優しいマネージャーの存在が、張り詰めた緊張を緩めてくれた。

「小湊、ダンス観にきたぞ」

「小湊さん、衣装、とっても可愛い！　頑張ってね」

「はい。ありがとうございます」

二人の応援に応える。しかし募る不安で思うような声が出ない。

その様子を鋭く察したのか同多木がさらに言った。

「お前にダンスを薦めたのは俺だ。ダンスは陸上の練習でもある。半年間の成果を見せてみろ」

「はい……」

そこで、伊純は二人に頭を下げる。

「どうした？」と訝る同多木につぶやくように答えた。

「涼香のこと、すいません。私の不注意で怪我をさせてしまって。それに行方不明に……」

しかし二人から返ってきたのは意外な反応だった。

「涼香って、誰だ？」

「そんな子、今いたかな？」

その言葉に伊純は一瞬目を丸くした。

そうか。世界の剪定が続いて涼香はいなくなった。自分はまだ覚えているけど、関係の薄かった人たちの頭からは涼香のことが消えかけているのだ。

「とにかく、ダンス頑張ってね」

不審げな顔を見せていた篠田が言う。同多木も後ろでうなずいたあと、二人は観客席のほうに去っていった。


そして、時間は刻一刻と進む。

決勝一組目のダンスが始まったと思うと、瞬く間に自分たちの番が迫っていた。

何度目かの歓声が会場から聞こえてきたころ、コンテストの進行スタッフが控室までやってきた。

「チーム『ポッピンQ』のみなさん、そろそろ出番ですのでご準備をお願いします」

その呼び出しに「はい」という五人の声が重なる。

チーム名はみんなで決めた。なぜか、これしかないと思い立って伊純が提案すると、みんなもすぐに賛成してくれたのだ。何か、自分たちが忘れかけている大切な思い出に由来しているのかもしれない。

チーム『ポッピンQ』の五人は屋外へと出た。

日はもう沈み切り、ムッとする真夏の夜の中で人々の熱気が渦巻いている。

伊純たちは大音量で音楽が流れるステージへと向かって、人混みの中をすり抜けながら前に進む。あさひを先頭にして歩くと、彼女の合気道で培った体捌《たいさば》きのおかげか自然と人の波が割れて道ができた。賑やかな会場を横目に設営された野外ステージの裏まで移動して待機する。

観客席を見ると、最前列に同多木と篠田が陣取っていた。何やら応援してくれているようだが大歓声にかき消されて聞こえない。

見れば、小夏もあさひも蒼まで、応援に駆け付けた友達に手を振っている。

しかしふと見ると、沙紀だけが沈んだ顔のままだった。

涼香の同位体としてこの世界に来た沙紀にとって、ここに伊純たち以外の知り合いはいない。肝心の涼香は行方不明のままだ。孤独に押し潰されそうになっているようだった。

そこで伊純は沙紀の手を握り締めた。

「伊純……」

「沙紀には私たちがいる。ずっと一緒だよ」

小夏が沙紀の肩にそっと触れる。あさひが両手を拳にして力を込め、蒼がうなずく。

「……うん。ありがとう、みんな」

沙紀がはにかむように笑う。

そのとき、ワッと一際大きな歓声が上がった。

直前のチームのダンスが終わったのだ。見ていないけれど、この盛り上がりは相当な実力者たちだろう。

その熱気に気圧される。けれど伊純たちは奮い立っていた。

円陣を組み向き合う。

「よし、行くよ！　せーのっ――」

伊純の掛け声に全員が息を揃えて叫ぶ。

「ポッピン――Q！」

これが、この五人で踊るラストダンスかもしれない。

もう二度とこのメンバーで踊ることはないのかもしれない。

玲乃の計画を防ぐ最後のチャンスなのかもしれない。

それなら、最後に相応《ふさわ》しく、最高のステージにしなければいけない。

ステージに立った伊純は、観客を前にそう意気込みながら曲の始まりを待っていた。

緊張しているのだろう。呼吸が浅いのが自覚できる。

力《りき》んじゃダメだ。リラックス！

そう自分に言い聞かせるように伊純は深呼吸する。

ところが次の瞬間、思いがけない事態が訪れた。

あたり一面が真っ暗闇に包まれたのだ。

23

突然、予期せず訪れた暗闇に伊純たちは呆然としていた。

観客たちも慌てふためいている。ざわざわと不安の声が一気に広がってゆく。

明かりが消えたのはステージだけではなかった。

会場どころか、周囲に乱立しているビルや店のすべてで光が見当たらない。信号機だけでなく非常灯すらも消えている。近くの通りを行き交っていたはずのバスや車のライトもどういうわけか見えなかった。

「なっ、何なが？　みんな、大丈夫!?」

伊純は周囲に向かって声をかけた。

「うん、大丈夫！」

「て、停電でしょうか？」

「ちょっともう、どうなってるの？」

「動かないほうがいいよ」

闇の先から四人の声が届く。どうやら自分の目だけがおかしくなったわけではないようだ。

「で、でも、こんなに真っ暗になる？」

暗いなどというものではない。

闇だ。一寸先も見えない、黒。足を踏み出した瞬間に吸い込まれてしまいそうな。目の前にかざした掌《てのひら》も見えない。

『落ち着け、伊純。〝ブラックアウト〟だ』

そのとき聞こえてきた声に伊純は飛び上がった。

「か、カズサ？　え、暗くて見えないけど近くにいるの？」

『お前の頭に直接話しかけている』

その声に伊純は狼狽えた。

「何、ブラックアウトって？」

『停電だ。だがただの停電じゃない。東京中が真っ暗らしい。もしかしたらエネルギー量の多い世界中の都市で起きてるかもしれない。たぶんレノの仕業だろう。あいつ、いよいよ始めやがった！』

「そんな！」と伊純は喘《あえ》ぐように零した。

大事なステージなのだ。最後になってしまうかもしれないダンスなのだ。

玲乃は何度も伊純の前に現れて世界の剪定の話をしてきたが、なぜか同時に、その計画を阻止することを期待するような素振りも見せてきた。このコンテストが最後のチャンスであることまで仄《ほの》めかしてきた。

なのに、どうしてそんなタイミングでこんな災害を起こすのだろう。これでは踊り出すこともできないまま終わってしまうではないか。煽《あお》っておいて踊らせてもくれないのか。彼はいったい何がしたいのだ。もう世界の剪定は決定してしまったのだろうか――

「待って。どうしたらいいの？　こんな状況じゃ、奇跡どころかダンスを踊るのも無理だよ」

『俺たちがどうにかする。だからお前たちは続けてくれ』

「でも……」

『段取りのイメージをお前たちの頭に送る』

そのとき、まるで頭の奥で火花が散ったような感覚を覚えて、伊純は言葉を呑み込んだ。頭の中に映像が浮かんできたのだ。

『いいな。お前たちのダンスで会場の混乱を鎮めるんだ。お前たちならこの状況だろうと踊れるし、奇跡だって起こせるさ』

カズサがそう語りかけてきた直後だった。

「ああ、もうレンったら無茶言うんだから」

闇の中から聞こえたのは小夏の声だ。伊純がカズサに送られたのと同じイメージを、彼女もレンから受け取ったらしい。確かに無茶な要求だと伊純も思う。

「でも、こうなったらやってやるんだからっ！」

それでも小夏はそう言って動いた。

暗闇の中なのでまったく見えないが、手探りで移動しているのが気配で分かる。彼女は大役を果たすために舞台へ向かっている。

そして次の瞬間、何も見えない暗がりの中にひとつの音が広がった。

頭の中に直接響いてくるようなこの感覚。

暗闇なのに、いや暗闇だからこそ、鳴り響く音に意識が集約する。静まり返った水面に一粒の水滴が落ちてその波紋が広がっていくように、あたりを小夏が叩いた鍵盤の音が満たしていく。

やがて、意味を成さなかった音が連なりとなって流れ始め、ひとつの旋律になった。

たとえ光のない暗闇の中であっても、譜面を覚えた彼女の指先は鍵盤の上で躍ることができる。それだけの時間、彼女はピアノと向き合ってきたのだ。

以前彼女は言っていた。ピアノに行き詰まっていると。陸上に苦しんでいる伊純と同じだ。

どうしてピアノを始めたのか。ピアノの楽しさを忘れてしまっていたのだ。

しかしこの旋律を聴けば素人の伊純でも分かる。

彼女は吹っ切れている。思い出しかけていた。

硝子の鍵盤を叩くような繊細なピアノのイントロに、人々のざわめきが潮が引くように消えて静まり返ってゆく。

マイクもなしに暗闇の中で鳴り響くピアノの音。それを拾おうと観客たちは耳を澄ましている。暗闇を演出と捉えたのか、恐怖で染まりかけていた一帯の緊張感が逆に期待感に変わっていった。

「わ……」

直後、伊純はため息のようにつぶやいた。

演奏を続けていた奏者の小夏も同じように驚いているようだ。そうなるイメージは予《あらかじ》めレンによって彼女にも知らされていたはずだが、実際に起こると不思議さに戸惑う。

ピアノを奏でる小夏の指先から仄かに光が生まれていた。

蛍火のように小さかったその光が徐々に大きくなってゆく。そうしてどんどん大きくなり、やがてステージをライトアップするように包み込んであたり一帯を照らす、白くて眩い光になった。

観客たちの意識が、この場で唯一光に満ちたステージに吸い寄せられていく。

その間に、小夏はピアノから離れてステージに駆け上がった。奏者が離れたにもかかわらず、ピアノは魔法でもかけられたかのようにひとりでに演奏を続けている。繊細なイントロが徐々にフェードアウトする。

その瞬間、チーム・ポッピンQの時間が始まった。

一瞬の静寂から弾けるように、軽快なダンスミュージックに切り替わる。

それに合わせて伊純たち五人もステージの上で弾けた。

リズムに楽しく乗って、互いに呼吸を合わせて、四肢をしなやかに使って、ステージを目いっぱい駆け回って、そこから飛び出してしまいそうなほど、五人は身体・心・空間の全てを使って踊る。

個性も体格もバラバラ。なのにその動きは心地よいほどに重なって、境目が見えないほどに噛み合っていた。彼女たちの生み出す熱量はステージの上に留まらず、やがて会場全体にも伝《でん》播《ぱ》してゆく。

伊純たちのダンスに合わせて、鼓動するように明滅しながら、失われた光が会場の照明に戻ってきた。その光景を伊純はステージの上から不思議な気持ちで眺めていた。

ダンスで世界が塗り替わっていくみたい。

真っ暗で何もない世界に人や街が光で描き出されるようだった。

その神秘的な光景を前にして伊純の心の中も変化する。

できる。奇跡を起こすことができる。世界を救うことができる。

今までもそう思おうとしながら、やはり無理かもしれないと心のどこかでかけていたリミッター。

しかし今それが外れようとしていた。

このダンスなら、自分たちなら、本当に奇跡を起こせるかもしれない。

曲は盛り上がりながらフィニッシュへ向かって進み続ける。最後の最後まで全身に意識を行き渡らせ、そうして風を切るようにターンする。

そして、バッとポーズを決めたそのときだった。

暗闇にいるはずなのに温かな光に包まれているような感覚。

伊純の意識は光の中に溶けていった。


暗闇の中で大爆発が起こる。

すべての始まり。

中心で生まれた光が周りに広がっていく。

やがて、無数に浮かんでいた小さな粒が、くっつき、ぶつかり、そして融合しながら大きくなり星になる。

それらはお互いが持つ力によって引き寄せられ、突き放されて動き出す。そこには一定の周期が生まれていった。

その中のひとつの星に海が生まれる。月の力と大気の流れは波を生む。一定のリズムで岩場に打ち付ける潮水は、やがて有機物として固まり、まずは海の中で、そして陸の上、空へと広がっていく。

潮水から生まれたそれらの中には当然波のリズムが刻まれている。月の公転に由来する体内時計が宿っている。中心にある臓器は同じリズムを奏で、その生命活動を支えていた。

やがて進化した生命の中から人類が生まれ、理性の力で自然を支配しようとした。

しかし災害が起こるたびにその無力さに打ちひしがれ、滞っていた自然との交流を復活させたいと願うようになる。

そのとき、身体の中に眠るリズムを呼び戻すために、人類は音楽とダンスを生み出した。

音楽がリズムを奏で、ダンスがそれを増幅する。

さらに大人数でシンクロしたダンスは、そのパワーを増大させていく。

閉ざされた自然、いや神へのチャンネルを開き、その言葉を聞くために。

有史以来、それは世界のあらゆる文明で行われてきた。

人だけではない。大地から離れて生きるあらゆる動物が、自然の力を取り戻すために踊ってきた。

ただし動物には人間のような理性がない。リズムを取り戻しやすい反面、その力を増幅させせることができない。

人だけが、英知を積み重ね、大人数による音楽と踊りで大きな力に育てることができる。

選ばれた人が技を極めることによってその力は究極になる。

これこそが、ずっと追い求めてきた奇跡のダンス。


伊純の頭の中に自然と映像が浮かび上がる。

それは勉強で身に付けた知識ではない。生まれてからの記憶でもない。

自分の中に眠る先祖の記憶。地球の記憶。

それが無意識に身体中へ広がっていった。

「こ、超えたっ!」

自分の限界を。

限界だと決めつけていた己の心の制約を。

それらを超えて思わず声を上げたのは伊純だけではなかった。

小夏も、あさひも、蒼も、沙紀も。どうやら今の景色を彼女たちも見たらしい。

そしていつの間にか会場に光が戻っていた。

伊純たち五人が動きを止めた瞬間、会場を轟《とどろ》かす歓声が沸き上がった。

「お客さんたちの反応、すごいね。それにここ、本当に魔法の空間なんだ」

ここは現実の世界だが、実は今それだけではない。

伊純たちの踊るダンスの力が物理法則に干渉できるよう、カズサたちが舞台を整えてくれていたのだ。だからこそ現実にはあり得ないような大きな力が働くのである。

「ってことは、奇跡のダンスは成功したんだよね？」

伊純がステージ上から観客を眺めて口にする。

その言葉はあまりに大きな歓声にかき消されそうだ。

ところが、そこでカズサの声が響いてきた。

『ダンスは成功した。でもまだ終わってない』

彼の重々しい声に訝りながらあたりを見回す。

そこに広がる光景に、伊純は思わず目を見張った。

24

「え？　止まって、る？」

ステージから広場を見回して伊純は困惑に眉を顰めた。

今の今まで歓声を浴びせてくれていた人々。それが動きを止めて固まっていた。何かのパフォーマンスというわけではなさそうだ。ここまでの人数が、蠟《ろう》人形のように揃って静止できるはずがない。

ステージで踊っていた他の四人も奇妙な光景に目を見張っていた。

「これ、どうなってるの？　まるで時間が止まってるみたい」

そのとき、伊純の目に映るものがあった。

真っ暗な東京。その上空。

新宿方面の夜空に赤い月のようなものが浮かんでいる。

けれどそれは月ではない。無数の歯車が絡み合って形を成した巨大な球体だ。

「な、何あれ？」

『あれが、アカシックレコードへの入口だ。ついに開いたぞ！』

つぶやいた伊純に頭の中でカズサが答える。

「カズサ、どうなってるの？　奇跡のダンス、成功したんじゃないの？」

『ダンスで入口は開いたが、まだだ。お前たちのうち誰か一人でいい。アカシックレコードの中に入って、中から強制的に起動するんだ。他の四人にも仲間たちが知らせてる。協力して対処してくれ』

「対処してくれって言われても」

そのとき、小さな悲鳴が聞こえて伊純は振り返った。

小夏だった。

「どうしたの？」

「あ、あれ見てっ！」

彼女が指差す先を見て伊純は絶句する。

ステージから少し離れた闇の中、黒い影がいくつもいくつも地面から染み出してきていた。

そしてその影が人のような形を成してゆく。玲乃の仲間だろうか。景色を次々に呑み込んで、せっかく注がれていた光がふたたび消えてゆく。

「時間がないみたいだね」

慌てて怯《おび》える四人をよそに冷静な声を発したのは蒼だった。

「蒼、なんでそんなに落ち着いてるの……？」

「あれが何なのか、今どういう状況なのか、手に取るように分かるからかな。私、どうやら今そういう力があるみたい。何かを分析する力が」

言って、蒼は四人を順に見てゆく。

「小夏。あさひ。あなたたちには攻守に使える力があるね。どう使うかは順次説明していくから、私とここでこいつらを食い止めるのを手伝ってくれないかな」

その要請に、小夏とあさひは「も、もちろん！」「頑張りますっ！」と応えた。

それから蒼は沙紀に向き直る。

「沙紀。あなたの力ならあの高さくらい行けるでしょう？」

蒼がアカシックレコードの入口を指して言う。

確信を持った様子の蒼に、一瞬、沙紀は驚いたように目を瞬いた。

だが「うん。行けるはず」とうなずく。

「蒼、私は？　ここで戦えばいい？」

伊純が急いて尋ねると蒼は首を横に振った。

「あなたは沙紀の力を借りて一緒に行って」

「一緒に行って役に立つかな。蒼が行ったほうがよくない？」

「ううん。伊純が行って。どうやら時の管理者はあなたと話したがってるみたいだから。なぜか彼はあなたの夢に現れた。この世界で最初に声をかけてくるのも伊純。その理由はたぶんあの中にある。大丈夫。沙紀の力と伊純の脚があればできるはず」

その言葉に伊純は腹をくくった。

「分かった。ここは任せたから！　でも、無理はしないでよね！」

「こっちの台詞《せりふ》だってば」

蒼の返事を聞いた直後、伊純は駆け出した。

地面を蹴った瞬間、身体の軽さを実感する。蒼が見立てたような加速の力が働いているのだろう。走りながら数回軽く跳躍するだけでビルの屋上まで上れてしまった。そのままビルからビルへ跳び移り、伊純は最短距離で赤い月を目指す。

　一方、沙紀は飛んでいた。

　跳躍ではない。飛翔だ。

　彼女の背に天使のような純白の翼が見える。その翼が鳥のような飛行を可能にしているらしい。伊純は蒼の言葉を思い出した。沙紀の力なら、確かに空中に浮いた場所へも到達できるだろう。

　世界の剪定が目前に迫り、アカシックレコードの入口が宙に浮いている。すでにこの世界の常識は通じない。何が起きてもおかしくなかった。

　夜空に浮かぶ機械仕掛けの月が近づいてくる。

　しかし、ここまでビルを足場にしてきたが先がない。そう伊純の頭に懸念が過ったとき、沙紀が叫んだ。

「伊純、この先で跳んで！　受け止める！」

　言われるまま、伊純は加速した状態でビルの屋上の先端から宙に跳ぶ。次の瞬間、沙紀が伊純の腕を取った。

　伊純は彼女の翼を借りて夜空を飛んでゆく。

　眼下の街並みは赤い月に照らされてもなお暗く、地平線のほうへ目をやれば、そちらは完全な暗黒で、もはやそこに世界が存在するのかもあやふやだった。見慣れた日常が見たことのない非日常になっている。

赤い月が迫ってくる。不思議な光の歯車が鮮明になってくる。歯車だと思っていた一部は、時計の盤面で、その秒針は止められた時間に抗うように動いていた。

もう少しだ。もう少しでアカシックレコードにたどり着く。

ところが、それが起きたのは伊純がかすかに安堵《あんど》した瞬間だった。

赤い月面にバクンと巨大な眼が開いたのだ。

否、眼ではない。羅針盤のような形の障壁だ。

「な、何っ⁉」

障壁の中央部、瞳孔のようなその部分が妖しく不気味に発光する。障壁の中で、そこだけが唯一向こう側の景色を透かした膜状になっていた。

「あそこ、通れるかも……」

沙紀はその中央部に向かって突き進んだ。

だが、光の膜に接触した沙紀が侵入を拒まれるように弾き返される。

その衝撃に伊純は手を放してしまった。

「伊純っ！」

沙紀の悲鳴が聞こえる。

光の膜を隔てた向こう側で沙紀が手を差し出している。
それが、アカシックレコードの中へと落ちていく伊純が最後に見た光景だった。

ステップ6

25

気づいたとき、伊純はその光景に目を奪われていた。

以前も夢で見たことのある無数のスクリーン。そこに数多の映像が映し出されている。

パチパチと音がしてぼんやりしていた伊純は振り返った。

眼鏡をかけた理知的な顔立ちの男の子が伊純に向かって拍手をしていた。

「素晴らしい。君たちは本当に素晴らしいよ。まさかここまでやってくるなんて！」

見覚えのあるその顔に伊純は呆然とつぶやく。

「霧島、玲乃……」

「ああ、そのとおり。でもそれはこの国に馴染《なじ》みやすいように考えた名前だ。世界では『レノ』と名乗っている。いや、大昔から人は僕のことは役柄で呼ぶことが多いかな。〝時の管理者〟とね」

「あなたはいったい何者なの？　私たちの敵なの？　それとも……仲間？」

伊純はずっと不思議に思っていた。

もし敵ならば直接伊純たちを害しに来ればよかったのだ。伊純たちがまだ何も知らなかったころに、高校の中でいつでも仕掛けてこられたはず。

けれど彼はそれをしなかった。

それどころか伊純たちにチャンスを与えようとしてくれた。

どうしてなのか——

「ここまでたどり着いた君には教えてあげよう。あまり複雑な話をしても理解してもらえないだろうからね。この世界に存在することにたとえようか。僕はプログラム、つまり言語から生まれたものだ。いうなれば人工知能なんだ。とはいえ作ったのは科学者じゃない。神だけどね」

そう言う彼の周囲に、文字に似たものがノイズのようにチラついて見える。

「神さまの、人工知能？」

繰り返した伊純に、レノは「そう」とうなずいた。

カズサたちの話から彼は人間ではないと伊純も思っていた。

けれど、その無機的な響きの答えは、目の前の彼とは少しかけ離れた印象がある。

「アカシックレコードは時間の流れがある限り記録し続ける〝時の記憶〟。個々の世界ごとにその誕生から終焉《しゅうえん》までを記録・保存している、全ての並行世界を網羅する多元宇宙《マルチバース》の情報保管領域《データベース》。同時に未来予測を行う演算機構《スーパーコンピュータ》でもある」

「マルチバースに……データベース……？」

「過去の出来事を保管し、未来の出来事を決める場所ってことだよ」

レノが簡単に説明してくれた。

理解できずに頭を抱えていた伊純は、やはり蒼が来るべきだったのではと申し訳なく思った。難しい話は苦手なのだ。

「それで、僕はもともとアカシックレコードにアクセスして情報を拾ってくるという研究用に作られた人工知能でね。今では高次元領域であるアカシックレコードも含めた、全ての時間軸を自由に動くことができるんだ。でも、そんな僕のせいでこの宇宙自体が不安定になってしまった」

「あなたのせい……？」

「うん。アカシックレコードは膨大な容量を有している。けれど無限ではなくてね。実は、僕という存在が全ての世界に干渉したせいで、記録メモリが上限に近づいてしまったんだ」

「干渉って……何をしたらそんなことに」

「覗き見ていただけなんだ。人類というものが面白くてね。そうしたら、僕の記憶の分だけ記録メモリを使ってしまったというわけさ」

事態の深刻さに対して幼稚にも思える理由に、伊純は呆れてしまった。

その反応はレノも予想していたらしい。

「ごめんね。悪気はなかったんだ。だからどうにかしようとしたんだよ」

申し訳なさそうにレノは眉尻を下げる。その表情は人間らしく有機的で、人工知能という言葉とかけ離れているように思えた。

「アカシックレコードのメモリのパンクは全並行世界の消滅だ。だから、僕はそれを避けるために世界を剪定しようと計画した。同時に、保管されているデータの整理をしようとしたんだ。その結果がこの世界の過去の消去だった」

彼はふたたび「ごめんね」と謝罪した。

「過去はそこまで重要じゃないと思ったんだ。人間は過去に縛りつけられて、上手く前に進めなくなることがあるから。

ちなみに言うと、過去には何度も剪定してきた歴史がある。大規模なところでは星の消滅・ブラックホールやビッククランチがそうだ。太古に栄えていた巨大な生物を隕石の衝突で絶滅させたこともある。船や飛行機の行方不明、集団失踪や神隠しとかなら聞いたことあるだろう？」

想像するだけで寒気が走るような出来事を、レノはさも〝普通の出来事〟のように言う。

その冷静さに伊純は戦慄すら覚えた。

とはいえ、彼がどういう存在で、何を目的に動いていたのか、分かった。

壮大な話すぎて頭がクラクラしてしまうけど、彼のたとえ話のおかげで理屈は分かる。

しかしまだ腑に落ちないことがあった。

「なんで、この世界だったの？　あなたは『神は賽子を振らない』って言ってた。たくさんある世界の中で、なんで私がいるこの世界だったの？　偶然じゃないんでしょ？」

その問いにレノは口角を上げる。否定しないのが答えのようだ。

「さすが伊純ちゃん。呑み込みが早いね。ご指摘のとおりだ。この世界をターゲットにしたのにはちゃんと理由がある」

「どんな？」

勢い込んで訊く伊純にレノは頭を横に振って笑った。

「まあまあ、そんなに慌てないで。理由はあると言ったが一つとは言ってない」

「どういうこと？」

思わせぶりな言い方に業を煮やす。

するとレノはようやく語り始めた。

「この世界を剪定することにした理由はいくつかある。まずひとつめは、君たちが以前起こした奇跡のせいだ」

そこまで言われ、伊純は直前に思い出した記憶を手繰《たぐ》る。

その中に、中学最後の春休みの出来事もあった。

あんなことをどうして忘れていたのかと驚くが、今のレノの説明で腑に落ちる。中学時代の友達の名前を忘れていたことやその他の記憶と同様、世界が剪定されかけていたから忘れていたのだ。いや、初めからなかったことにされかけていたのだ。

でも今ははっきり思い出すことができる。

「世界というものを枝分かれしていく樹のようなものだと考えてほしい」

レノが手をサッと動かす。

すると、伊純の目の前に一本の植木鉢が現れた。

植木鉢の中の土が盛り上がり、そこから一本の芽が顔を出した。

その芽が割れて双葉になる。そこからまた葉が増えて、幹が太くなり、枝も増えてゆく。枝は伸びた先でさらに増えてゆく。

「その分かれた枝が分岐した並行世界だ」

木の急速な成長に見惚れていた伊純にレノが囁く。

「そして、最後に分岐した枝がこの世界」

「新しく分かれた世界ってこと?」

「そういう感じで捉えていいよ。君たちの世界は、君たちが異世界の冒険から帰ってきた際に分岐した世界なんだ。本来は発生し得なかったね。

実は、沙紀ちゃんの願いによって生まれた世界なんだよ」

それを聞いて、伊純は弾かれたようにレノに目をやる。

「沙紀の……？」

「本人も気づいていたけれど、確かに彼女は君たちの世界とは異なる、別の並行世界の人間だ。そして、未来の沙紀ちゃんが〝永遠の今〟を望んだ際、同時に、今の沙紀ちゃんは君たちとともに過ごす未来を望んだんだ。その願いから生まれたのがこの世界さ」

「沙紀がいろんな記憶を持ってたのって、そのせい？」

レノは「そのとおりだよ」と首肯した。

「この世界は、あの子が願いを覚えていなければ生まれなかった世界だからね。複数の記憶があるのは、あの子自身がこの世界を生み出す過程で他にもいろいろと願ってしまったから。その分だけ並行世界が生まれようとして、その影響を受けたんだ。結果的にこの世界しか生まれなかったわけだけど。

つまり、アカシックレコードにも設計されてなかった変則的な世界なんだ。同時に、無理のある世界だから容量を食ってしまう」

「それは、誰かに作られた不自然な世界だから？」

「そう。その木でたとえると、やたらと養分を必要とする枝だ。植木鉢の中には本来なら木の成長に十分な栄養がある。でもその枝があると足りなくなってやがて木全体が枯れてしまう」

伊純の目の前で木が枯れ始めた。枝の一本だけが生き生きしている。だが、やがてその枝も萎《しお》れ最後には枯れてしまった。

「そしてもうひとつの理由。それは、僕が記憶してるなら、伊純ちゃん、君は覚えている必要がないからさ。記憶の重複ほど無意味なことはない。不要なことをいつまでも覚えていることは哀しいことだ。それで前に進めなくなっているならなおさらね。むしろ初めから存在していなかったことにしたほうが幸せだろう」

その言葉に伊純は眉根を寄せた。

自分とレノの記憶が重なっている？

「それ、どういうこと？」

思わず疑問が口をついて出る。

しかしレノは応えようとしない。

ならば、もうひとつ疑問に思っていることを口にした。

「もうひとつ教えて。あなたがこの世界を剪定しようとしていたことは分かった。ならどうして私に事前に教えてくれたの？　予告なしに、バッサリ消去してもよかったんでしょ？　でもあなたはそれをせずに、わざわざ私に教えにきてくれた。私の夢に出てきたの、あなたでしょ？　時の管理者なら意識に入り込むなんて簡単なことよね？

それに、私たちのダンスも見ていてくれた。前に、あなたは言った。『ダンスはいい。有望だ』って。夢も、ダンスも、どうして?」

畳みかけると、それまで自信たっぷりだったレノがうつむいた。

悩み、葛藤しているように、何かを小さな声でつぶやいている。

しばらくして上げられた彼の顔には不思議な表情が浮かんでいた。

すべてを突き放すような冷酷にも見える眼。

反面、その眼は苦しむ人に無条件に手を差し伸べるような博愛をも湛《たた》えている。

口元の笑みには、人間のあらゆる感情が込められているようだった。

この顔、どこかで見たことある。

そこで伊純は思い出した。

そうだ、これは修学旅行で行った京都のお寺で見た仏像だ。歴史の教科書にも載っている仏様。いや世界史のところに出ていたマリア様?

するとレノが答えた。

「それは、僕にもいくつかの顔があるってことだよ。涼香に対して沙紀がいるようにね。この世界の消滅を決めたレノに、剪定中止の可能性を模索する玲乃。二人は表裏一体なんだ。それにもうひとつ――」

そこまでレノが言ったとたん、伊純の頭に鋭い痛みが走った。

この痛み、以前も感じたことがある。

電気が走ったような、痺れにも似た感覚。

でも、今までで一番強い。

そしてその痛みとともに、頭の中心に浮かび上がる光があった。

白光は徐々に大きくなり、それと重なるように頭痛もひどくなる。

身体全体が光に包まれた瞬間、伊純は目の前で像を結んだ光景に息を呑んだ。

26

あれは伊純が小学四年生の夏休み、お盆を過ぎた八月下旬のことだった。

夏休みも終わりに近づき、伊純は宿題に追われていた。計算ドリル、読書感想文、自由研究——何ひとつ終わっていない。一ヶ月以上の休みの間、ひたすら遊び過ぎたのだ。

対して、幼なじみの聡士は勉強が得意で、この間訊いたら宿題なんてとっくに終わっていると言っていた。いつも一緒に遊んでいたというのに、いつの間にやったのだろう。

お尻に火のついた伊純は夏休み残り五日となり、そろそろスパートをかけようとしている。

勉強は苦手だけど、駆けっこは人一倍得意だ。夏休みの宿題も駆けっこも、ゴール間際の加速が重要なのだ。

とはいえ宿題に関しては自力じゃない。伊純は密《ひそ》かに、今日からラストスパートをかけられる計算をしていた。

「おじいちゃん、いつ帰ってくるが？」

朝ごはんを食べながら伊純が訊く。

「夕方って聞いちょるが……あ、もう行かな！」

母は応えながら玄関で靴を履いている。

伊純はお茶碗と箸を持ったまま見送りにきた。

母は近所でパートをしている。週三日、こうして朝から出かけていくのだ。父は毎日朝から夜遅くまで働いている。今朝も伊純が寝ている間に出かけてしまった。

そして一緒に住んでいる祖父はカツオ漁の漁師だ。地元漁師の間でも一目置かれている達人だ。外洋に出ていくため、数週間から時には一ヶ月以上帰ってこないこともある。今回も三週間の漁を終え、ようやく今日港に戻ってくる予定だった。

父も母も忙しくて勉強を見てもらえないが、祖父は違う。見た目は厳《いか》つい海の男だが孫の伊純にはめっぽう弱い。彼なら溜まりに溜まった夏休みの宿題を手伝ってくれるだろう。〝ラストスパート〟の原動力として伊純は大いに期待しているのだった。

「もう、お行儀悪い。伊純、ちゃんと座って食べなさい。あと、しっかり勉強してなさいよ」

「分かっちょるって。一気に片付けちゃる」

伊純がごはんのことか宿題のことか分からない返事で濁す。

「おじいちゃんを頼りにしたらいかんよ。漁で疲れちょるはずやき、休ませてあげてね」

母は娘の考えなど全部お見通しのようだ。言いながら渋い顔で上がり框《かまち》から立ち上がり玄関扉を開けた。

そのとたん、生暖かい風が吹き込んでくる。母は空を見上げると、慌てて玄関脇に挿してある傘を手に取った。

「伊純、おじいちゃん今日帰ってきよるか分からんよ」

「え?」

それはまずい。ラストスパートの目論見《もくろみ》が外れてしまう。

「なんで?」

「天気予報、見よったろう? 今夜は台風よ。おじいちゃんの船が巻き込まれゆう可能性もあるきね。海の上で台風が収まるまで待機になるかもしれん」

「ええ、それは困る……」

伊純が口を尖らせて不満を露わにする。

「ブーブー言わんの。今日は外に遊びに出たらいかんよ。家で宿題してなさい」

そう言って出かけていく母を見送ると、伊純は玄関先で憎らしげに雨雲を見上げた。

南国高知は太平洋に面して東西に海岸線が延びている。ゆえに八月下旬から九月にかけてはやたらと台風が多い。学校も、仕事も、町の商店街も慣れたものだ。雨戸やシャッターを下ろして台風に備え、中には臨時休業する店もある。

幸いまだ夏休みだったため伊純は家で留守番だ。母が用意してくれたお昼ごはんをチンして食べたあと、テレビやゲーム、漫画を読んだりして過ごす。宿題もやろうとしたがすぐにやめてしまった。暗い家の中で独りで勉強机に座っていられなかったのだ。

時間が経つにつれて風が強くなり、家の屋根がガタガタ音を立てている。

午後三時過ぎになると突然父と母が帰ってきた。どうやら台風に備えて仕事が早く終わり帰宅することになったらしい。いつも車で仕事に行っている父が、帰りがけに母の職場まで迎えにいって一緒に帰ってきたのだ。

「おじいちゃんは？」

二人が戻るなり伊純はいきなり訊いた。

宿題のこともあるが祖父が単純に心配だ。慣れているとはいえ今回の台風はとても大きい。静かな家に独りでいると徐々に増す台風の勢いを実感した。こんな風に巻き込まれたら、いくら外洋に出る大きなカツオ漁船だといってもひとたまりもないだろう。

〝洋上待機〟となれば夏休み中には帰ってこられない。もちろん宿題は自力でやるしかない。

そう覚悟を決めて訊いたのだ。

ところが父の答えは意外だった。

「さっき漁協に連絡して訊いた。親父、今日帰ってきよると」

どうやら直前の漁の最中に祖父が怪我をしたらしい。しかもこの台風の南にはさらに次の台風も控えているそうだ。怪我の程度は分からなかったが早く医者に診せる必要がある。二つの台風が収まるのを待っていられないと、全速力で走り抜けて台風が直撃する前に帰港するつもりとのことだった。

「おじいちゃん、大丈夫なの？」

伊純は両親が共働きということもありおじいちゃん子だ。心配が思わず口から漏れる。

「たぶんな」

「たぶん？」

歯切れの悪い父に訊き返すと、一瞬の間を置いて父が言った。

「今日の帰港を連絡してきたあと船と連絡が取れんようになりよったらしい。台風の影響で無線の電波が乱れちょるんか、何かアクシデントがあったんか分からん。でも心配せんでええ。親父のことだ。ケロッと帰ってきよるよ」

そう言って父はレインコートを脱ぎ、濡れた身体をタオルで拭いている。そのあと父と母は家中の雨戸を閉めていった。おかげでまだ日の入り前だというのに家の中は真っ暗だ。その暗闇が伊純をさらに不安にさせる。

おじいちゃん、大丈夫かな——

直後、一際強い風が吹き付けて家が揺れた。

点《つ》けっぱなしのテレビからは『緊急ニュース』が流れている。台湾、沖縄を抜けた台風が高知目がけて突き進んでいる。

ただ事じゃない。

伊純がアナウンサーの深刻な声を聞きながらそう思ったときだった。

「じいちゃん怪我したって本当!?」

玄関扉を開けるなり、聡士はそう叫んで飛び込んできた。

足には長靴。この風では役に立たないから傘は持っていない。レインコートを着てフードを被っている。子ども用のものではない。以前祖父が聡士にあげた、漁師が船上で着るものだった。

ずぶ濡れになりながら、彼は玄関先で顔を上気させている。

「うん、そうみたい」

「帰港時間は？」

まくし立てる聡士に、やってきた父が告げた。

「順調に進んでいればもう港に着くころかな。でも海は荒れちょるしあまりスピードも出せんだろうから分からん。連絡を待っちょるところよ」

それだけ告げると、父は早々に玄関を離れて台風対策に戻ってしまう。

すると、下を向いて聞いていた聡士が背中を向けて扉に手を掛けた。

「どこ行くの？」

「港。迎えにいく」

フードのために顔色は窺えない。ポツリとつぶやく聡士に伊純は声を荒らげた。

「いかん！　ここにおらんと」

「嫌だ！」

それは穏やかな聡士から初めて聞く鋭い声だった。

「約束したんだ。じいちゃんの弟子になるって」

「弟子？」

「うん。カツオ漁の。この漁に出る前に話したんだよ。最近体力的にきついから引退するかもって。だから俺、船に乗れるようになるまでもう少し頑張ってって言ったんだ。じいちゃんは『そこまで言われたらやるしかねえ』って……。俺が無理させたんだ。だから、怪我は俺のせいなんだよ！」

扉を開けると、一気に勢いを増した暴風が家の中に押し寄せてくる。

「待って！　私も行く！」

そう言って、伊純は玄関先にかけていたレインコートに手を伸ばす。

しかし聡士がそれを止めた。

「ダメだよ。伊純は俺より脚が遅い。一人ならともかくお前の面倒まで見切れないよ。ここから漁港まで海沿いの道が続く。モタモタしてられない。そうだ、これ――」

聡士は何かを思い出したかのようにポケットに手を突っ込んだ。

「じいちゃんに貰ったルアー。御守りにしようと思ってキーホルダーにしたんだ。伊純、持っててくれ」

そう言って手にしたキーホルダーを投げてよこす。

「どうして？」

「無事に帰ってくるように祈っててくれよ」

次の瞬間、雨空の中に走り出す。

「待って！　行かないで！」

伊純の声が風雨にかき消される。

瞬く間に聡士の背中は見えなくなった。

五日後、朝から雲一つない青空が広がり、強烈な夏の日差しがあたりを照らしていた。

この日は二学期の始業式だ。町には久しぶりの通学で華やぐ子どもたちの姿が目立つ。

しかしその群れの中に伊純の姿はなかった。

父が運転する車に揺られながら移り行く景色を眺めている。助手席には母、後部座席には祖父。祖父は通信機器が故障して連絡が途絶えていたが、五日前の晩に無事に帰港していた。左腕を骨折していたものの、直行した病院で処置してもらった結果大事には至らなかった。高齢だから一週間は入院すべきと医師には言われたが、それを振り切って、昨夜退院してきたのである。伊純はその隣に座っていた。

結局、夏休みの宿題は終わらなかった。

でも、もうどうでもいい。

先生に怒られたってかまわない。

いや、さすがに怒られることもないか。

車は港の反対、小高い山の中腹にやってきた。伊純が住む町の菩提寺《ぼだいじ》である。

駐車場に車を停めて、色のない服を着た両親と祖父が外に出る。

ところが、伊純は車から動けなかった。寺の入口に掲げられた名前を見て頭が真っ白になってしまったのだ。

「仕方ない。置いていこう」

しばらく説得した末に諦めた父がそう言った。

車のエンジンを付けたまま、クーラーを利かせた車内に伊純を残して歩いていく。

祖父はそんな伊純に「落ち着いたら顔を出しいや」と言って背中をさすってくれた。

「ちゃんとお別れをせんとな」

五日前の夜、祖父の船は台風がピークになる直前に港に戻ってきた。

その瞬間、荒れる海を照らしていた灯台の灯が消される。船員に担がれて祖父の横たわる担架が下ろされる。港で待っていた救急車に乗せられると、鋭いサイレンを鳴らして病院に直行していった。

ところが直後、荒れ狂う港に救急車とは音色の違うサイレンが響いた。パトカーから降りてきた警察官が漁協の職員に事情を訊いて回る。しかし有力な情報は得られない。

通報を受け、警察官が嵐の中を捜していたのは、数時間前に小湊家を飛び出していったきり行方が分からなくなっている聡士だった。

彼は伊純と別れてから、祖父が戻ってくる予定の港へ走っていった。

港までは土佐湾沿いに延びる国道が最短である。しかし護岸に打ち付ける波は荒々しい。一刻の猶予もならない。脚に自信のある聡士は波飛沫《しぶき》を浴びながら港を目指していたのだろう。

ところがその後彼は漁協に現れなかった。

伊純は漁協に電話をかけ続けたがいつまでたっても聡士は来ないという。

業を煮やした父が警察に通報して捜索が始まった。

しかし猛威を振るう台風の前に捜索はいったん中止になる。

立て続けにやってきた台風がようやく通過し、捜索が再開されたのは三日後。漁協のそばの浜辺で聡士が見つかったのは、その日の夕方のことだった。


伊純は冷え切った車の中から、陽炎《かげろう》の立ち昇る駐車場を見つめていた。

あのとき、どうして止められなかったのだろう。

台風が迫る中、海沿いのあの道を走っていくことがどれだけ危ないか分かっていたのに。

生まれてからずっと一緒だった聡士がいなくなり途方に暮れる。本当の兄妹のようだった。お互い一人っ子だったこともあり、かけがえのない存在だった。

伊純は聡士に憧れていた。頭がよくて、脚が速くて、穏やかな性格の兄のような存在に。

二人の子守り役だった祖父がよく言っていた。

『世界は調和でできちょる。自然に逆らったらいかんちや』

何だかよく分からなかったが、長年漁に出て自然を相手にしている祖父の言葉には、子どもでも納得させられる迫力があった。

以前、伊純は聡士に訊いたことがある。

『どうやったら聡士くんみたいに何でも上手にできるの？』

すると彼は言っていた。

『俺はただ、じいちゃんの言うことを守っているだけだよ。勉強も、駆けっこも、よさこいも――。全部が〝世界の調和〟だ。自然のリズムに耳を傾けてみなよ。俺もまだ分からないことが多いけど、じいちゃんの言っていることは正しいと思ってる。俺の師匠だから』

伊純がポカンとしていると、聡士は駆けっこに置き換えて話してくれた。

『伊純は走るのが好きだろ？　でも速く走るにはただやみくもに脚を動かせばいいわけじゃない。重心の移動、腕の振り、そこから伝わる脚の捌き。そうやって蓄えられた力を地面に効率的に伝える方法。すべての動きが調和して世界と一体になったとき、空を飛ぶように走れるはずだよ』

『よく分からん……』

その説明につぶやくと、聡士は笑っていた。

『走り続けてればそのうち分かるよ』と。

『だから伊純は走り続けるんだよ』と。

そんな聡士が、初めて祖父の教えを破った。

荒れ狂う台風の中、無謀にも港へ走っていった。

調和を無視して行動したのだ。

聡士の笑顔とあの日の約束を思い出し、いても立ってもいられなくなる。

次の瞬間、伊純は車の外に飛び出した。

駐車場を横切って本堂の中へ。

読経はすでに終了し、親族や参列者の焼香ももう終わろうとしていた。

突然本堂に走り込んできた足音で、参列者の誰もが後ろを振り向く。みんなの視線が伊純に集まる。

しかし伊純の目には映らない。

ただ一点、祭壇の前に置かれた棺桶《かんおけ》を凝視していた。

正面には遺影が掲げられている。三週間前のよさこいの夜、伊純が父の一眼レフで撮った写真。その中で彼の笑顔が弾けていた。

伊純は吸い寄せられるように棺桶に近づく。

すでに蓋が載せられているものの、顔の部分だけ開いている。

恐る恐るその中を覗き込む。

そこには、綺麗な顔立ちのまま、穏やかに目を瞑る聡士が横たわっていた。

「聡士くん……」

名前をつぶやいて頬に触れると、冷たい感触が指先から伝わってくる。

その瞬間、伊純の目から涙がとめどなく溢れてきた。

涙は瞬く間に頬を伝う。嗚咽がこみ上げてくる。

いつしか伊純は声を上げて泣いていた。本堂に響き渡るほどの大きな声で。

「聡士くん、聡士くん、どうして？　どうして!!」

棺桶の縁にしがみついて、伊純は何度も問いかける。

しかし横たわる聡士から答えは返ってこない。

すると、後ろから伊純の背中に触れる人がいた。

「聡士はいい子だった。仏さんに愛されちょった。だから早く呼ばれちまったんだろうな」

祖父だった。孫のように可愛がっていた聡士が亡くなったのだ。しかも自分の安否を心配して、出迎えにいこうとした挙句の事故だ。胸を裂かれるような想いでいることだろう。

伊純は思わず祖父に抱きついた。その胸に顔をうずめて泣き叫ぶ。

その祖父が哀しみを堪《こら》えて伊純につぶやいた。

「伊純、あいつのぶんも精いっぱい生きろ。それが遺《のこ》されたもんにできるすべてだ」

嗚咽を堪え祖父を見上げると、彼の目にも涙が浮かんでいる。歯を食いしばって必死に耐えていた。

「泣くな、伊純。笑え。笑って聡士を見送ってやろうや」

その言葉に伊純は奥歯を嚙み締めた。

そうだ。私は約束した。彼と。

『伊純はずっと走り続けるんだよ――』

走り続けていれば、いつか聡士に追いつけるだろうか。

走り続けていれば、いずれ祖父の言っている意味が分かるだろうか。

この世は調和でできている。

聡士の死も、受け入れることができるだろうか。

調和によって旅立った、彼の死を――

「うん……」

伊純は祖父から離れ、ふたたび棺桶の中に手を伸ばす。

どうしても涙が止まらない。

それでも強引に笑顔を作ると、冷たい頬に触れながらつぶやいた。

「ありがとう聡士くん。私、これからも走り続けるき――」

27

記憶の海から戻ってきた瞬間、伊純はおもむろに叫んだ。

「聡士くん！」

それを聞いたレノが目を見張り息を呑む。

「私知ってる。ようやく思い出した。あなたは玲乃であり、レノであり、そして聡士くん。私の幼なじみで十歳のときに海で亡くなった寺本《てらもと》聡士くんだよね」

その瞬間、レノが驚嘆の声を上げる。いや玲乃、それとも聡士かもしれない。

「ああ……暗闇に呑まれていた世界に光が戻ってきた。消えてしまっていたものたちも戻ってきているようだ。見えるかい？」

映像を示してレノが興奮したように言った。

あるスクリーンでは夜空に星が瞬き始めた。

あるスクリーンでは何もなかったはずのところに突然人が現れた。

あるスクリーンでは真っ暗だったどこかの大陸で無数の光点が続々と灯《とも》り、都市の形が浮かび上がる。

あるスクリーンでは停電していた街に光が戻り、蠟人形のように固まっていた人々が何事もなかったかのように動き出していた。

真っ黒だったスクリーンがいくつもいくつも光を取り戻してゆく。それらの光が伊純たちのいる空間すら照らしている。夜が明けるかのように薄暗かったその場所が徐々に白くなってゆく。

その様子にレノは満足げに微笑んだ。

「この世界の行く末が変わった！　伊純ちゃん、君たちは本当に奇跡を起こしたんだよ！」

伊純は映像の様子を目を見張って眺めていたが、レノの言葉で我に返る。

そしてつぶやいた。

「成功、したの？」

「ああ。僕は〝時の管理者〟だが最終責任者ではない。あくまでも全体を見渡して最善の策を提案するのが役割だ。あくまでも〝管理〟なんだよ。すべては最後にこの世界の主《あるじ》が決める」

「主って？」

すると、レノは頭上を指さして微笑んだ。

「君たちは奇跡のダンスでここまでやってきた。そして伊純ちゃん、君は僕がすべてを消し去ろうとしているのに聡士のことを思い出してくれた。苦しみと悲しみのために自ら封印していた記憶と向き合い、辛い記憶を乗りこえてくれた。

そうなれば、もうこの世界を剪定する理由はない。過去は不要なものではなく、嬉しいことも苦しいことも含めて未来を創る原動力になることを君は証明してくれた。

結果、主は記憶メモリ自体の容量を増やすことに決めたらしい。今回の〝世界の剪定計画〟はもう中止だよ」

伊純の中で張り詰めていた緊張と興奮がほどける。

よかった。私の世界が続いていく。

大切な仲間との未来が待っている。

大好きな人たちとの思い出が残っていく。

そこで伊純は改めて言った。

「聡士くん、なんだよね？」

レノは光に溢れた世界の様子から伊純に視線を戻す。口元にはうっすらと笑みが浮かんでいる。その様子で確信した。

この世界を剪定することにしたもう一つの理由。

そして、なぜ消そうと決めたことをわざわざ教えてくれたのか。

止めるきっかけを与えてくれたのか。

すると、レノ、いや聡士は話し始めた。

「本当は、こんなことを生きている君に教えちゃいけないんだ。それがこの世界のルールだ。破れば、世界の調和が少しだけ崩れてしまうからね。

でも君たちはアカシックレコードまでたどり着き、そしてこの世界を救った。それくらい教えたって赦《ゆる》してもらえるだろう」

赦すって神さまから？

そう尋ねる間もなく聡士は続けた。

「伊純ちゃんが言うとおり、僕は聡士だ。あの日、この世界に来たレノと融合した。正確に言えば僕だけじゃないけどね。有望だと指名された者が時の管理者として指名され、一人の人格に融合してレノになる。

そして一番身近にいた君をとおして剪定すべきかどうか試していた。

ついさっきまで、やっぱりこの世界しかないと思っていたんだ。君は僕の死を受け入れられず、ずっと前に進めなくなっていた。そんな過去ならないほうがいい。

むしろ初めから存在していなかったことにしたほうが幸せだろうって」

そう言う聡士の目は静かだ。すべてを見通すように冷たく光っている。

しかし、その直後にはまったく雰囲気の違う温かな笑みを浮かべて言った。

「でも君は思い出してくれた。剪定されかけているにもかかわらず、僕のことをはっきりと。過去は重荷だけじゃないって気づかせてくれた。前に進ませる力になることもあるんだって……人類が過去の積み上げの上に存在しているんだと認識を改めたよ」

そう言った直後、アカシックレコードのたとえとして見せてくれていた木から、ハラッと葉が落ちた。

先ほど聡士が成長させた木が、いつの間にか視界を覆うほどの大樹となって彼の傍らで揺れている。伊純はその大樹の葉が落ちたのだと思った。

けれどすぐに違うことに気づく。

「さて、そろそろ伊純ちゃんともお別れの時間かな」

それは木の葉などではなく、聡士の身体から剝《は》がれ落ちた文字のようなものだ。彼を構成する欠片《かけら》がいくつもいくつも剝がれて宙に舞い空気に溶けてゆく。

「聡士くん、あなた身体が……消えちゃうの？」

「言ったはずだよ。僕はどこにでもいて、同時にどこにもいないって」

直後、聡士の身体は透け始めていた。

身体が徐々に徐々に透明に近づいてゆく。見えなくなってゆく。彼の傍らでは大樹が静かに揺れている。

「伊純ちゃん」

ほとんど空気と同じ色になりながらも、彼は変わらぬ口調でつぶやいた。

「君たちは僕の期待以上に応えてくれた。ありがとう」

彼の最後の欠片が線香花火のようにチラチラと弱々しく弾けながら落ちてゆく。

「待って！　いかないで！　もう独りにしないで！」

「大丈夫。俺はずっとそばにいる。これからも伊純の成長を楽しみにしているよ。いつかの未来でまた会おう」

微笑みを浮かべたまま、ついに聡士の姿が見えなくなる。

同時に、見事に葉を茂らせた樹冠《じゆかん》も、太く厳めしくなった幹も、聡士と同じように空気に溶けるように消え去った。

28

「あっ！」

そのとき伊純は見つけた。

消えゆく大樹の向こうに見覚えのある人が立っている。

「沙紀！　カズサ！」

沙紀はその羽を使ってアカシックレコードの入口まで連れてきてくれた。

カズサは最後のダンスを元の世界で見ていてくれた。

ところが聡士との記憶を取り戻して彼の計画が中止になった今、捩れていた世界が正常に戻ろうとしているのだろう。走り寄った二人の姿にノイズが走っている。よく見れば色彩も淡い。

後ろの景色が透けていた。

「お疲れ、伊純！　頑張ったな！」

伊純が目の前で立ち止まると、明るい口調で迎えてくれたのはカズサだった。

「お前たちの世界が無事でよかったよ」

「うん」

「最後の奇跡のダンス、最高だったぜ。おかげでお前とも同調できた」

「うん」

「そう……だから……お前にも伝わっちまってるんだよな。俺たちがもうそっちの世界にいられないってこと」

申し訳なさそうに言うカズサに伊純はうなずけなかった。

伝わっていた。知っていた。

カズサが、もう同じ世界にはいないということを。

先ほど踊ったときに、カズサが一緒に踊ってくれていると感じたと同時に、気づいてしまったのだ。彼らがこちらで活動するために用意した肉体、それが失われてしまっていたことに。

「コンテスト会場で踊ったとき、だよね」

伊純はカズサの腕に触れようとした。

けれど触れられなかった。

「ああ。踊り終わったときには全員もうこんな感じで肉体が消えてた。だからお前たちのところに行けなかったんだ」

「でも、どうして？」

「俺たちの肉体はブラックアウトが生じたときに不安定になった。俺たちはもともとこの世界に存在していたものじゃないからな。それで、お前たちが奇跡のダンスを踊ったときにアカシックレコードによって真っ先に書き直されたってわけだ」

そこで伊純は、カズサの後ろにいる沙紀に目を留めた。

彼女もカズサと同様に消えかけている。

コンテストの前、沙紀から『私と涼香は同位体』『私が他の世界から来た』と告白されたとき、伊純は二人とも取り戻せると思っていた。

奇跡のダンスを成功させてレノの計画を食い止めたら、その時点で二人が共存するパラレルワールドが生まれるって。

でもそんなに都合よくはいかなかった。

剪定されかけていたパラレルワールドが正常に戻るとき、新たなパラレルワールドは生まれなかった。混じり合い混乱していた二つの世界が綺麗に分かれたのだ。元がそうであったように──

結果、異世界の住人である沙紀は伊純たちがいるこの世界には留まれなくなったのだろう。

「沙紀は知ってたの？　消えるかもって」

伊純の問いに、沙紀は「ううん」と頭《かぶり》を振った。

「そうなるかもとは思ってたけど確信はなかったの。だから、もしかしたら伊純の言うとおりになるかもしれないって期待もした。ダンスに集中したかったしね」

そう言って沙紀は涙を浮かべる。

「でもやっぱりお別れだね。私は私のいるべき場所に戻る。戻って、ダンスの仲間と話してみる。伊純たちに教えてもらったから」

「私たちに……何を？」

伊純は不思議に思って首を傾げた。

ダンスのリーダーは沙紀だ。教えてもらうことはあっても、教えたことなんて一度もなかったはずだ。

けれど、沙紀からすると、そうではなかったらしい。

「私は独りじゃない。私には仲間がいるってこと。それと、ケンカしたダンス仲間に素直に言おうと思う。私はみんなと踊りたいって」

その言葉を聞いた瞬間、伊純の目にも涙が溢れてきた。

私は貰うばっかりじゃなかったんだ。私も彼女に与えられていた。私たち五人は、長所も短所もある。けど、お互いが補い合って成長できる奇跡の仲間だったんだ……

短い時間だったけれど濃密に過ごした出来事の記憶が蘇る。

「泣かないでよ。伊純」

「沙紀だって……それに急すぎるよっ……」

伊純は声を上擦らせる。

密かに考えていたのだ。

もし奇跡のダンスが成功したらたくさん話そうと。沙紀とも、カズサたちとも。

自分とこんなにも気が合う異世界からの不思議な来訪者。話を聞きたいし、聞いてもらいたい。出会ってから今日まではダンスの練習で時間がなかったけれど、もし世界が消えなければ続いていく時間の中で同じ時を過ごそうと。

それができなくなると、できなくなるまで考えもしなかった。気づくのが遅すぎた。目を逸《そ》らしていたのかもしれない。それが悔しくて、悲しくて、不甲斐《ふがい》なくて、情けなくて、伊純は泣きそうになるのを必死に堪える。

「おい、伊純。酷い顔になってるぞ」

「だって、泣いた顔でお別れなんて嫌やき」

「もう泣いてるけどね」

カズサに言い返した伊純に、同じように涙で顔をクシャクシャにした沙紀が言う。

伊純は湿った鼻を鳴らして誤魔化そうとした。けれどダメだった。目からボロボロ涙が出てくる。

いつの間にかカズサも泣いていていた。

「もう、会えないの？」

言った瞬間、二人の色がどんどん薄れていく。

ああ、時間なんだ。

そう伊純が思った瞬間、カズサも同じように思ったのだろう。

「昔、俺たちの世界からお前たちが消えたときだって、もう会えないと思ってたけど会えたんだ。そのうちまたどこかで会えるかもな」

そう言って彼はニッと歯を見せて笑った。

「うん。みんなのことは絶対忘れない。ありがとう」

伊純が言う間にも、二人の姿が空中に溶けていく。

見えなくなる直前、沙紀はにっこり笑ってつぶやいた。

「そのときはまた一緒に踊ろう――」

直後、姿が完全に霧散《むさん》する。レノと同じように、この世界に浮かんで弾けた泡の一つであったかのように。

見送った伊純は独りその場でつぶやいた。

「また、一緒にね」

エピローグ

夏休みが終わり神宮坂高校の二学期が始まった。

月が替わったところで季節は急には変わらない。けれど、暑さ寒さも彼岸までと言われるように、九月も下旬に差し掛かるころには厳しい残暑も和《やわ》らぎ、秋の気配が漂うようになっている。

そして週末の午前、神宮坂高校の敷地は、休日にもかかわらず部活に勤しむ生徒たちの活気に溢れていた。グラウンドでは野球部やサッカー部の掛け声、ボールの音が響く。

その音の中に陸上部のピストルの音も混じっていた。

「小湊さん、タイム縮んでるねー」

陸上トラックをゴールまで駆け抜けると、伊純はその声に振り返る。

陸上部三年生の敏腕マネージャー・篠田がストップウォッチを見ながら感心してうなずいていた。

「速くなってますか？」

「うん、新記録じゃないかな。ほら」

伊純は篠田に駆け寄って、差し出されたストップウォッチを覗き込む。

そこに表示されていた数字は一一秒八七。

確かに自己ベストを更新していた。

「あ、本当だ！　やったぁ！」

「私のストップウオッチは信用していいよ」

篠田が微笑みながら、そのタイムを記録用紙に書き込んだ。

あの日、芸術祭の日を境に時計やストップウオッチの異常は起きなくなった。電波障害や停電も嘘のようになくなり、日常は滞りなく回るようになってきている。

行方不明で捜索されていた人たちも次々と見つかっていた。彼らは一様に失踪していた間の記憶がないようで、テレビでは〝世紀の神隠し〟として騒がれている。

夜空から消えた星の光が戻ってきたことには天文学者たちも首を捻っており、答えは未だ出ていないらしい。ＳＮＳ上ではこれらの謎を解き明かそうという議論も起こっている。

そして、半休部状態だった伊純は陸上部の練習に専念するようになっていた。

ずっと悩まされていた頭痛はもうしない。

「小湊、例の特訓で何か変わったか？」

自己ベスト更新の喜びを噛みしめていた伊純は、その声にパッと振り返る。

陸上部顧問の同多木だった。篠田の隣にヌッと立った彼が記録用紙を覗き込んでいる。

「はい。いろいろ変わったと思います」

伊純の答えを聞いて同多木が顔を上げる。彼は「そうか」とうなずいたあと、他の選手のもとへと歩いていった。

顧問の強面に柔らかな笑みが浮かんだのを、伊純は見逃さずチェックした。

とそこで伊純は涼香の姿に気がついた。

彼女は篠田にタイムの計測を頼んでスタートラインに向かっている。

「涼香！」

近づきながら声をかけると彼女も伊純のほうを見る。

次の瞬間、涼香ははにかんだような笑みを浮かべた。

あの日、ダンスコンテストの日、伊純は玲乃と不思議な世界で対峙《たいじ》した。

そこですべてが判明した。

彼はレノでもあり幼なじみの聡士でもあった。

時の管理者である彼にもいろいろな顔がある。その顔の一つだった幼なじみの聡士が、伊純を助けてくれたのだ。

その助けもあり伊純たちは奇跡のダンスを成功させ、すべての記憶を取り戻すことができた。

最終的に伊純が時の管理者でもある聡士のことを思い出したことによって、この世界の剪定は中止された。

結果、消えたはずの涼香はこの世界に戻ってきた。

事故に遭ったことは以前と変わらない。けれど、戻ってきた世界の中では涼香の怪我はもっと軽傷で、意識を失うことなくすぐに退院できたことになっている。

そして驚いたことに、同多木も、篠田も、涼香の母親ですら、彼女が行方不明になっていたことなどまったく覚えていなかった。

以前カズサたちが言っていたように世界の調整機能が働いたのだろう。

涼香に起きた最近の出来事をすべて把握しているのはこの世界では伊純たちダンス仲間の四人。そして涼香本人だけだった。

涼香が戻ってきた直後、伊純は彼女を抱き締めて泣いた。涼香も涙を流して抱き締め返し、ひたすら『ありがとう』と言っていた。

そして今、目の前にいる涼香は伊純を見て穏やかに笑っている。

「もう、練習していいの？」

「うん。先生のお許しが出たの。入院してる間に身体もなまっちゃったけど、無理せず少しずつギアを上げていくつもり」

「よかった……」

その言葉に伊純は心底ホッとした。

出会った当初はきつい子だなと思ったけれど、それには訳があった。気持ちを張り詰めなければいけない理由が涼香にはあったのだ。

そのことを知り、気持ちが近づいたと思った矢先の事故だった。こんなことでせっかくのライバルを、友達を失いたくない。伊純はその想いで必死に助けを呼んだ。そして踊ったのだ。

「改めて、ありがとう。あんなに冷たくしてたのに、私のために……」

涼香がつぶやいた。

その一言に無限の想いが込められているのを伊純は感じた。

「何言ってんの。この前も言ったけど友達なんだから当たり前でしょ」

「友達、か……」

「もちろん」

すると、涼香が突然顔を赤くして下を向く。そしておもむろに伊純の目を見て言った。

「前に、誘ってくれたこと、覚えてる？」

「ん？　何？」

「ダンスのこと。一緒に踊らないかって言ってくれたじゃない。私、踊ってみようかなって――」

「ホント⁉」

涼香の答えに伊純は思わず叫んだ。

「ちょっと、声大きい。もちろんホント。あなたに言われて少し考えたの。これからオリンピックで金メダル獲《と》るまでずっと練習が続くんだから、どうせなら楽しいほうがいいかなって。練習は苦しいところもあるけど我慢だけじゃ限界があるよね。みんなと楽しむっていう、あなたの言葉にも一理ある」

　顔をほんのり紅く染めながら涼香が想いを口にする。〝オリンピックで金メダル〟という台詞も彼女は冗談で言ってるんじゃない。ダンスも、オリンピックも本気だ。

　そのことが伊純には嬉しかった。沙紀がいなくなったぶん、どこか寂しさが募っていたのだ。だから新しいダンスの仲間が増えるのは純粋に嬉しい。他のみんなも大賛成だろう。なにせ彼女は沙紀の同位体なのだから。涼香も一緒にみんなで踊って、沙紀の思い出を話したいと思った。

「うん。一緒に踊ろう。それで一緒に走ろう。涼香のことすぐに追い抜いてみせるからね！」

「そういうことはまず追いついてから言ってちょうだい。でも楽しみにしてる」

　掛け合う言葉は素っ気ないがお互いの顔には笑みが浮かんでいる。

　それを横で聞いていた篠田がヒューッと口笛を吹いた。あまり周囲に関心を持たない涼香の反応が珍しかったからだろう。

　涼香がスタートラインに立つ。伊純も横に並んだ。

　設置されたスターティングブロックに足を載せて地面に指をつく。

　篠田のピストルと同時に伊純と涼香は同時に飛び出した。

ダンスのおかげか、迷いが消えたからか、身体が軽い。

怪我明けで本調子でないとはいえ、学年一のスプリンターである涼香とまったくの互角の走りだ。

ゴール間際、横を向くと涼香と目が合う。

私はこのまま走り続ける。

みんなと一緒に、これからもずっと。

＊

部活が終わったあと、伊純は高校から代々木公園へと向かった。

樹々に囲まれたいつもの広場によく知る三人の顔が揃っている。

小夏、あさひ、蒼が、ステージ脇、木洩《こも》れ日の落ちるベンチ脇に立っていた。

そこにはもちろん沙紀はいない。

全員、それは納得している。涼香が戻ってきてくれてよかったと思っている。

それでも寂しさはいつまでもなくならなかった。

彼女のダンスをまた見たかった。

けれど、この心の傷が残っていることが嬉しい。

全部忘れてしまうよりこの傷とともにこれからも踊っていこう。

そうすることで自分たちはもっともっと上手くなる、前に進めるはずだから。

「あ、伊純ちゃん！　部活お疲れ」

小夏が気づいて声をかけてきた。

伊純は慌てて駆け寄る。

「ごめん、みんな待った？」

「ううん。ちょうど揃ったところだよ」と小夏。

「私もさっき部活が終わったところです」とあさひ。

「本を読んでたから平気」と蒼。

全員、休日にもかかわらず制服なのはそれぞれ学校に用があったかららしい。

芸術祭のダンスコンテストでチーム・ポッピンQは優勝できなかった。

五人の踊った奇跡のダンスは確かにたくさんの人々を感動させたが、アカシックレコードの修正により、人々の中で芸術祭の夜の記憶は〝そうあってもおかしくない記憶〟に書き換えられてしまったのだ。

しかし五人は満足している。

それよりも大切なものを取り戻したから。

世界の時が止まった芸術祭の夜、奇跡のダンスを踊っていたあのとき、大事なものを思い出したのは伊純だけではなかった。

小夏はピアノを続けてきた理由を。

あさひは武道を続けてきた理由を。

蒼は勉強を続けてきた理由を。

そして沙紀は別れ際に言っていた。ダンスが楽しかったころの記憶。仲間との思い出を。

全員、その大事なものに背を押されて前へと歩き始めている。過去という一つのステージを超えて、未来へと向かう今というステージで、また一つ大人になってゆく。

「じゃ、踊ろっか」

伊純のその言葉で四人は自然と円を作った。

*

こうして、五人それぞれが次の一歩を踏み出した九月下旬の祝日――

「あー、さすがにこっちも涼しくなっちょるなぁ」

空港から出て伊純はつぶやいた。

ヤシの木が並び太陽の光が燦々《さんさん》と降り注ぐ空港の景色に思わず土佐弁が出る。

「伊純、早う。ぼーっとしとる時間ないきね」

「はぁい！」

先を歩く母に呼ばれて伊純は両親を追いかけた。ターミナルに横付けしてある見慣れた車の後部座席に乗り込む。

「おう、乗ったな。ほいたら行こうか」

運転席からそう声をかけてきたのは伊純の祖父だ。車が動き出す。

今日は秋分の日だ。

祝日であるこの日から三日間、伊純と両親はお盆に見送った里帰りをすることになった。停電の影響がなくなり、父の仕事も想定以上に円滑に進んだらしく、一度帰っておこうという話になったのだ。ちょうどお彼岸の時期なので墓参りも済ませられる。

東京に引っ越してから初めての帰郷に伊純は不思議な気持ちになった。春先まで住んでいた町の景色が以前より鮮やかに見える。

「予定はどうしゆうが？　どこでも連れてっちゃるぞ」

「ありがとう、親父。飯を食ったら、まずご先祖様に挨拶かな」

地元で行きつけだった居酒屋にはいつ行くか、親戚への挨拶はどうするかと予定が立ってゆく。運転席の祖父と助手席の父がそんな会話をする光景も伊純には眩しく見えた。地元に帰ってきたんだなと実感する。

そのとき、伊純のスマホが通知の音を鳴らした。

画面を見れば、メッセージが届いたところだった。

『先輩、明後日《あさって》までこっちにいるがですよね？　どこかのタイミングで会えませんか？』

中学校陸上部の後輩・美晴《みはる》からだ。

高校に入学してから、ずっと忘れていた友達をようやく思い出せていた。

空港を出る前に伊純から帰省したとメッセージを送ったのだが、その返信だった。伊純は両親に予定を確認する。すると、半日ほど自由にできそうな時間があった。

美晴に返事をしようと文字を打ち込んでいると、今度は中学の同級生・ナナからメッセージの着信があった。

『もう帰ってきよった？　せっかくだし、こっちいるうちに遊ばん？』

今回の帰省は急に決まったので、二人とも予定が埋まっているだろうと再会は諦めていたのだが、伊純は思わず笑みを零して二人に返信をした。

『今着いたところ。絶対会いたい。用事を済ませたらまた連絡する』

昼食のあと、祖父は海に近い小高い山へと車を走らせた。

そこにはこの町のほとんどの家が檀家となっているお寺がある。

お寺に着いて桶や柄杓《ひしゃく》、線香などの用意をすると、みんなで小湊家のお墓に向かった。

太平洋を眺めるように、山の斜面にたくさんの墓石が並んでいる。時折吹いてくる風に潮の匂いを感じながら、伊純は家族とともに緑の木々が揺れる小道を歩いた。

「けっこう汚れちょるなぁ」

たどり着いた墓を見て、父がそう零しながら墓石の掃除をする。母が持参した花をお供えして線香に火をつけた。

その線香を貰い受け、伊純は家族の最後に手を合わせた。ここには伊純が幼いころに亡くなった祖母が眠っている。父も母も、そして祖父も祖母のことを思い出しているのだろうか。目を閉じて静かに手を合わせていた。

「そしたら、行こうか」

合わせた手を解き目を開けると、背後から祖父がそう言った。

「うん」

伊純は静かにうなずいて立ち上がる。小湊家の墓の周辺を掃除する父と母から掃除道具などを受け取ると、祖父と一緒に墓地の斜面をさらに上がった。

家名を確認しながらとある墓石の前で足を止める。

そこは一際見晴らしがよく土佐湾を一望できる場所だった。初秋の陽光を反射させて水平線の彼方《かなた》までキラキラと輝いている。

その海を背に伊純は目の前の拝石を見つめた。

傍らの墓碑には、彼の名前と、あの日の日付が刻まれている。

線香を供えて伊純はその墓石に手を合わせた。

目を閉じて幼なじみに想いを馳《は》せる。

兄妹のように一緒に育った聡士。

私に走ることの楽しさを、踊ることの楽しさを、そして絆《きずな》の大切さを教えてくれた聡士。

そんな彼を、レノの計画だったとはいえ忘れかけていた。

忘れかけていたからこそレノの計画は成就しかけていた。

でもその計画を覆すきっかけも聡士が与えてくれた。

聡士との記憶を思い出すことができたから仲間との絆を確かめられた。

聡士との約束があったから頑張れた。

私を大切な仲間に、この世に、繋ぎとめてくれたのはいつだって聡士だった。

「聡士くん、忘れちょってごめんね」

墓を前に手を合わせると、その顔が目の前に鮮明に浮かび上がる。

そこで改めて思った。

聡士はレノにそっくりだ――

いや、レノが聡士にそっくりなのかもしれない。世界の時間を司っていた〝時の管理者〟レノに。

そこまで考えて伊純は納得した。

やっぱりそうだ。聡士はレノで、レノは聡士。

私にとって世界の調和を教えてくれた〝時の管理者〟に変わりない。

彼は、いつまでも自分の死を忘れられず苦しんでいる伊純を知り、救いにきてくれたのだ。

いっそすべてを忘れて楽になるかい、と。

生まれてきたこと、存在していたことさえすべてが無になれば、そこに哀しみは生じない。

しかし彼はわざわざ夢の中に会いにきて違う道も示してくれた。

前者を提案してきたのがレノ、後者が聡士だ。正反対の選択肢のようでいて、実は表裏一体の提案だった。どちらも伊純を救いにきてくれたのだ。

でも、伊純は仲間と出会った。彼女たちとの絆があるから伊純の人生には価値がある。自分と関わるみんなとの絆が、記憶があるからこそ自分は存在するんだ。

これから先も哀しいことはたくさん起こるだろう。挫折も苦悩もあるだろう。

でも、それらには全部意味がある。生きていく糧になる。

伊純はポケットに入れていたものを取り出した。

手には昔、聡士から貰ったキーホルダーが握られている。祖父が聡士に渡し、その後伊純が受け継いだキーホルダー。聡士がルアーを改造して造ったそれはとても綺麗な青色に光っている。目の前に広がる海のような深い青色だった。ずっとバッグに付けていたのにその意味すらも分からなくなっていた。でも今ははっきりと思い出せる。

「伊純、ようやく聡士にお別れを言えるか？」

物思いに耽《ふけ》っていると祖父が言った。伊純の手にあるキーホルダーを見つめている。ただそれについて何も言わない。その目は果てしない優しさに満ちていた。

「ごめん、待たせちょって」

その返事を祖父はどう受け取っただろう。今、長々と手を合わせていたことか。それとも葬儀から今日までのことだろうか。

「いや、構わん。お前のその顔を見れば察しがつく」

そう言って、祖父は一足早く墓から離れて斜面を降りていく。

伊純はもう一度、聡士の墓を振り返ってつぶやいた。

「ありがとうね。もう、忘れんき。絶対、忘れん」

そこにザッと風が吹いた。まるで走っているときに感じるような心地よい風だ。幼き日、彼と一緒に走ったときもきっと同じような風が吹いていたことだろう。

しばしの時間、伊純は目を閉じてそこにいた。

だが、やがて目を開けて立ち上がる。風に踊る木々が立てる漣《さざなみ》のような葉音。その声援にも聞こえる音色に背を押されながら、伊純は幼なじみの墓をあとにした。

こうしてまた時は進み始める。

過去から続く、未来に向かって。

本書は二〇二一年九月に『ポッピンQ　～時守たちのラストダンス～』として発表された作品を改題したものです。

［著者略歴］

原作
東堂いづみ（とうどう・いづみ）

著
三萩せんや（みはぎ・せんや）
一九八五年宮城県生まれ、埼玉県在住。二〇一四年に第7回GA文庫大賞奨励賞、第20回スニーカー大賞特別賞、第2回ダ・ヴィンチ「本の物語」大賞を受賞しデビュー。
主な著作に「神さまのいる書店」シリーズ（KADOKAWA）、「後宮妖幻想奇譚」シリーズ、「魔法使いと契約結婚」シリーズ（いずれも双葉文庫）、ノベライズに『小説 夜明け告げるルーのうた』（湯浅政明原作 KADOKAWA）、『弱虫ペダル』（角川文庫）などがある。

時《とき》守《もり》たちのラストダンス

原作　東堂いづみ
著　三萩せんや

二〇二一年一〇月二〇日　初版印刷
二〇二一年一〇月三〇日　初版発行

発行者　小野寺優
発行所　株式会社河出書房新社
〒一五一－〇〇五一
東京都渋谷区千駄ヶ谷二－三二－二
電話　〇三－三四〇四－一二〇一（営業）
〇三－三四〇四－八六一一（編集）
https://www.kawade.co.jp/

装画　黒星紅白
デザイン　野条友史（BALCOLONY.）
組版　株式会社キャップス
印刷・製本　三松堂株式会社

ISBN978-4-309-02994-8　Printed in Japan